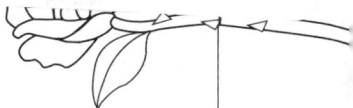

# 海涅诗选

[德]海因里希·海涅 著

冯至 译

冯至

文存

天津出版传媒集团

天津人民出版社

## 图书在版编目（CIP）数据

海涅诗选 / (德) 海因里希·海涅著 ; 冯至译 . --
天津 : 天津人民出版社 , 2022.3
（冯至文存）
ISBN 978-7-201-18110-3

Ⅰ . ①海… Ⅱ . ①海… ②冯… Ⅲ . ①诗集 – 德国 –
近代 Ⅳ . ① I516.24

中国版本图书馆 CIP 数据核字 (2022) 第 009046 号

海涅诗选
HAINIE SHIXUAN

| | |
|---|---|
| 出　　版 | 天津人民出版社 |
| 出 版 人 | 刘　庆 |
| 地　　址 | 天津市和平区西康路 35 号康岳大厦 |
| 邮政编码 | 300051 |
| 邮购电话 | （022）23332469 |
| 电子信箱 | reader@tjrmcbs.com |

| | |
|---|---|
| 责任编辑 | 李　荣 |
| 装帧设计 | 今亮後聲 HOPESOUND 2580590616@qq.com · 张今亮　欧阳倩文　核漫 |

| | |
|---|---|
| 印　　刷 | 北京金特印刷有限责任公司 |
| 经　　销 | 新华书店 |
| 开　　本 | 880 毫米 × 1230 毫米　1/32 |
| 印　　张 | 9.25 |
| 字　　数 | 296 千字 |
| 版次印次 | 2022 年 3 月第 1 版　2022 年 3 月第 1 次印刷 |
| 定　　价 | 45.00 元 |

## ● 如何收听《海涅诗选》全本有声书？

① 微信扫描左边的二维码关注"领读文化"公众号。

② 后台回复【海涅诗选】，即可获取兑换券。

③ 扫描兑换券二维码，免费兑换全本有声书。

## ● 去哪里查看已购买的有声书？

**方法 ①**

兑换成功后，收藏已购有声书专栏，

即可在微信收藏列表中找到已购有声书。

**方法 ②**

在"领读文化"公众号菜单栏点击"我的课程"，

即可找到已购有声书。

# 目 录

# 导　读

## 一　"我一向忠实而正直地执行了这个职务"

　　海涅和他的作品一向受着两种极不相同的待遇：一种是尊敬和爱好，一种是诬蔑和歪曲。从 19 世纪 40 年代以来，我们看到：马克思、恩格斯对他的爱护，德国反法西斯的优秀作家如魏纳特（Weinert）、布莱希特（Brecht）等人卓越地继承了他的文学传统。在中国，鲁迅在 1914 年就用文言译过他的抒情诗，郭沫若在写他第一部诗集《女神》的时期，曾经说过，海涅对他的诗歌创作是有影响的；此后，海涅的抒情诗在中国青年中得到相当广泛的喜爱；在抗日战争和解放战争时期，海涅的政治讽刺诗被译成中文，诗中对反动势力本质的彻底而尖锐的揭发，有许多地方正符合当时中国的情况，我们可以说这些诗也曾参与了中国人民的斗争。但是在另一方面，德国的沙文主义者则用尽心机来诬蔑他、歪曲他。他们不是否定、就是设法贬低海涅的价值；不是用他早年的抒情诗来遮盖他晚年更为成熟的政治诗，就是把他活力充沛、富有战斗性的政治文字从文集里删去，说是时代过去了，这些"应时"的文章已经失去它们存在的意义。到了纳粹当权时期，因为海涅正直而深刻的讽刺处处打中纳粹分子的要害，他们索性变本加厉，向海涅猖狂进攻，焚毁他的作品，捣碎在德国本来就为数很少的海涅纪念碑，要把海涅的名字从历史里勾销。但是海涅的诗已经成为人民共同的财产，有的到处被人歌唱，存在于许许多多的歌本里，他们无法消灭，只好在这样的歌——例如《罗累莱》——的下边不说出诗人的姓名，代之以"无名诗人"的字样，致使在"第三帝国"成长起来的一代不知道在他们的历史上有过海涅这样一个诗人。

这两种极不相同的待遇明显地说明了，什么人爱他，什么人恨他。海涅自己在 1832 年早已说过："我的敌人的憎恨可以充做我一向忠实而正直地执行了这个职务的保证。我将显示出，那种憎恨我永久是分所应得的。我的敌人绝不会错认了我……"[①]海涅在这里所说的职务，是一个作家要为人类的和平、幸福、自由而奋斗。诚然，他的敌人没有错认他，他们用他们的憎恨给海涅的忠于这个职务作了保证。但是在另一方面，同样给海涅作了保证的，是一切人类进步事业的参加者，以及全世界爱好和平的人民，都认清海涅是

---

① 海涅：《法国情况·序言》。

19 世纪伟大的革命民主主义的诗人，人类解放的战士。他的作品，过去敌人们处心积虑要抹杀、要消灭的，今天却更为灿烂地放出光芒，我们现在读它们，有许多地方像是墨沈未干、刚刚写成的一般，因为它们仍然具有丰富的现实意义。

## 二　从玫瑰夜莺到剑和火焰

海因里希·海涅[①]于 1797 年 12 月 13 日生在德国莱茵河畔的杜塞尔多夫一个贫穷的犹太商人家里。杜塞尔多夫在 1795 年被法兰西共和国的军队占领，法国的军队给杜塞尔多夫的居民带来了自由平等的思想，根据他们的法典，一般市民获得了一些经济上和社会上的权利，一向受人歧视的犹太人也从犹太区里解放出来，享受平等的待遇。这些措施在工业较为发达的莱茵区是受到普遍欢迎的。在这一点上，"拿破仑在德国是革命的代表者，革命原则的宣示者，旧封建社会的破坏者"[②]。1813 年拿破仑失败后，杜塞尔多夫归普鲁士统治，人民已经获得的一些权利又被剥夺，受着残酷的压制。从这里我们可以理解，海涅为什么很早就那样向往法国的自由精神，并且有一个时期崇奉拿破仑，而对于普鲁士始终是深恶痛绝的。

---

[①]　又译亨利希·海涅。

[②]　见恩格斯 1845 年 10 月 25 日给《北极星报》的通讯。

海涅的父母希望他们的儿子也做商人，1816 年把他送到汉堡他的一个有钱的叔父银行家所罗门·海涅那里，请求他的叔父资助他建立一个商店。但是海涅对于经商不感兴趣，商店开张不久就倒闭了。他在 1819 年波恩大学学法律，六年后在哥亭根大学完成了博士考试，结束了大学的学习。

海涅从 1817 年起就发表诗歌创作。这时德国正处在封建复辟时代，全国三十六个大大小小的邦，只是形式地成立了一个德意志民族各邦的联盟，在美因河畔的法兰克福设立了联盟议会，以奥地利代表担任主席，处理各邦的共同问题。但这个议会是个空头议会，它在镇压人民、迫害进步力量、钳制言论自由上是一致的，遇到邦国之间的利害冲突，它就失去了任何约束的力量。关于那些君主，恩格斯说过："哪一个时代都没有比 1816 至 1830 年间国王所犯的罪行更多的了。几乎那时的每一个君主都应该处以死刑。"他说普鲁士国王威廉三世是"最无用、最可恶、最该死的国王⋯⋯"[1] 这足以说明那些统治者的昏庸残暴。而当时德国的文艺界，除了年老的歌德以外，大部分的浪漫派诗人都是躲避现实，缅怀过去，美化中古的封建制度，给这些君主点缀太平。

海涅是在浪漫派的影响下开始写作的，但是他不久就看

---

[1]　见叶·斯捷潘诺娃著《恩格斯传》，中译本第 13 页，人民出版社版。

出德国浪漫派文艺的虚弱无力。他在 1820 年写的《论浪漫派》里提出他的要求，他说，德国的文艺女神应该是"一个自由的、开花的、不矫揉造作的、真正德国的女孩子，不应该是苍白的尼姑和夸耀门阀的骑士小姐"。

在海涅早期的抒情诗里，我们好像处处看得到这样一个"自由的女孩子"在活泼地跳跃、歌唱。诗人用极流利的人民的语言、和谐的音调，把自然界里的玫瑰、夜莺、百合、蝴蝶、星辰、月光、日出日落，以及海上的波涛和晚间的雾霭，都融化在他的简洁有力的诗歌里，个人的情感和外界的事物得到美妙的融合。诗里充溢了对于生活的热爱，其中虽然也掺杂着忧郁和悲哀的声调，但这是真实的感受，和浪漫派诗人们那种回避现实，沉醉在死和过去里是迥然不同的。这时作者还年轻，他的快乐和痛苦多半局限在个人的遭遇上边——主要是他和他叔父的女儿阿玛丽不幸的爱情，可是像《每逢我在清晨……》那样的诗已经不只是个人的哀乐，而是使人感到当时德国的鄙陋状态，以及这状态所给予一些人的不幸了。

在他活泼、佻挞、音调谐和、色彩鲜明的抒情诗里，也显露出海涅独特的嘲讽的风格。他对于社会里的庸俗虚伪、浪漫派诗人非现实的梦幻，常常给以有力的嘲讽。他有时故作正经地描述梦幻，使读者觉得他好像真是沉迷在这梦幻里一般，但是写到最后几句，却出人不意地指出面前的现实，把那空中楼阁完全推翻。这是海涅在早期著作中很喜欢运用的一种手法，恩格斯在《诗和散文里的德国社会主义》里说得好："海涅是把市民的梦幻故意拧转到高处，为的是随后同样故意地使那些梦幻跌落到现实里。"[①] 抬得高，跌得重，这是足可以致那些非现实的梦幻以死命的。如《海中幻影》就是一个显著的例子。

这些诗，最初是作为《青春的苦恼》《抒情插曲》《归乡集》《北海集》等组诗先后发表的，1827 年被收在一起，叫作《歌集》。《歌集》出版后，受到广大读者的欢迎，成为德国诗歌史里的一件大事，直到海涅逝世前，再版了十三次。其中有许多首一再地被音乐家配上乐谱，被广大的人民歌唱，成为人民自己的歌曲。

比诗较晚，海涅也从事散文写作。从 1824 到 1828 年他写过四部著名的游记。在这些游记里海涅以他犀利的笔锋更进一步发挥了他讽刺的才能。他在《哈尔茨山游记》里揭发了社会里种种虚伪、愚陋和不合理的现象，刻画了德国反动统治下的市侩们、奴仆们、狭隘的民族主义者以及教会里的丑

---

① 见马克思、恩格斯《论文学与艺术》（德文版），第 284 页。

态；他对于劳动人民如矿工、牧童，对于美丽的自然，都给以热情的歌颂。1827 年，他到英国旅行，他走到这当时资本主义最发达的国家，扩大了眼界，立即在伦敦外表的繁荣的后边看到劳动人民悲惨的生活，狄更斯在 19 世纪 40 年代所描写的大城市中贫民的苦难，海涅在 1828 年的《英国断片》里已经接触到了。写到这些问题时，他的文笔也就从嘲讽转为控诉。他同时也看到了资产阶级革命的不彻底性，他说："虽然我们也为资产阶级的不平等而抱怨……可是我们的眼睛总是往上瞧，我们只瞧见那些骑在我们头上和利用他们的特权来侮辱我们的人；我们在抱怨的时候从来也不往下看，从来也没有想到把那些还站在我们脚底下的人拉到我们的身旁来。事实上，当这些人往上挤的时候，我们甚至还觉得讨厌，向他们迎头打下去。"[1] 后来他在《从明兴[2] 到热那亚的旅行》里更鲜明地表明了他的立场："我实在不知道，我是否值得人们将来用桂冠来装饰我的灵柩。……我从来不特别重视诗人的荣誉，人们称赞或责备我的诗歌，我都很少在意。但是你们应该把一柄剑放在我的棺上，因为我是人类解放战争中一个善良的战士。"

---

[1]　译文采用《译文》杂志 1956 年 2 月号发表的《英国断片》。
[2]　今译作慕尼黑。——编者注

海涅对于德国落后状态毫不容情的讽刺，对于反动势力正中要害的进攻，以及德国当时对于犹太人的种族歧视，使他在他的祖国遭受到各种各样的诬蔑和迫害。他大学毕业后，曾经想尽方法要谋得一个职业，但总是落空，致使他不得不忍辱含垢地从他叔父那里求得经济上的帮助。《歌集》的出版受到广大群众的欢迎，得到的稿酬却是极低微的。1830年，在他感到无路可走的时候，法国爆发了七月革命。海涅正在北海的黑尔郭兰岛上养病，他听到这个消息，立即得到鼓舞，看清自己的方向，他在8月10日《黑尔郭兰通信》里写道："我现在知道，我要做什么，应该做什么，必须做什么……我是革命的儿子……递给我琴，我唱一首战歌……语言像是燃烧的星辰从高处射下，它们烧毁宫殿，照明茅舍……我全身是欢悦和歌唱，剑和火焰。"他在这样的兴奋中写出"我是剑，我是火焰"的革命颂歌，最后他决定离开德国，到巴黎去。

## 三 "和新的同志们登上一只新船"

海涅在1831年5月到了巴黎，除了1843年和1844年两次短期回到汉堡外，他再也没有看见他的祖国。

他在巴黎受到法国进步的文艺界和思想界的欢迎。他和作家巴尔扎克、乔治·桑、大仲马，音乐家肖邦，以及空想社会主义者圣·西门的信徒们来往。在 30 年代初期，海涅本人也是信奉圣·西门主义的。

他在 1843 年 5 月写过一首题名"生命的航行"的诗，表达他侨居巴黎的心境。诗里说，他从前同一些朋友们共同坐在一只小船里欢笑歌唱，但是船撞碎了，朋友们都不善于游泳，在祖国沉没了，暴风却把他吹到巴黎的塞纳河畔；他和一些新的同志登上一只新船，又是一片新的欢笑和歌唱；诗里一再反复这两句：故乡是多么远，心是多么沉重。——事实上，他的心始终没有离开祖国，他密切注意着德国国内发生的一切事件。他给德国奥格斯堡的报纸写通讯，报道法国情况；也给法国的报刊写关于德国文学、哲学、宗教的文章。他认为，促进两国文化的交流，使两国人民互相了解，是他的重要任务之一。

海涅在青年时把德国反动的浪漫派文学比作苍白的尼姑，因为它缺乏真实的生命，如今他衡量它的价值，则站在人民的立场，问它在社会政治上起什么作用了。他在论德国文学的论文里——后来收集为《论浪漫派》一书——特别指出，文学应该与实际的生活结合，与人民的利益和愿望一致。他说，有些浪漫派诗人并不是"生活的诗人"，而是"死亡的诗人"，所以人民并不爱他们，也不读他们。他们只给一些封建君主充当无聊的助手。他并且用希腊神话中的英雄安泰①比喻诗人，"像是巨人安泰一般，当他的脚接触到大地母亲时，他永久是不可战胜地坚强，只要赫拉克勒斯把他诱到天空，他就失却力量：诗人在他不离开现实的大地时，是坚强有力的，只要他空想地在蓝色的空中翱翔，也就变得软弱无力了。"

他在关于德国宗教和哲学的论文里——后来收集为《论德国宗教和哲学的历史》一书——嘲笑了康德的"自在之物"，讽刺了费希特的"自我"创造世界的学说，他向唯心主义做了斗争。但他也指出，德国哲学是下一代革命实践的准备，正如恩格斯在《费尔巴哈与德国古典哲学的终结》里所说："正像在十八世纪的法国一样，在十九世纪的德国也是由哲学革命作了政治变革的导言。"恩格斯并且在这一段里提到海涅："然而不论政府或自由党人都未能觉察到的一点，早在1833年至少有一个人已经看出来了；诚然，这个人不是别个，而是海因里希·海涅。"②——这种思想，后来海涅写在题为《教义》的那首诗里。

法国1830年的七月革命，摧毁了旧贵族的统治，迫使狂

---

① 今译作安泰俄斯。——编者注

② 见《马克思恩格斯文选》，中文版第二卷，第357页，莫斯科外国文书籍出版局版。

暴的查理十世退位，但是享有胜利果实的并不是人民，而是在人民起义时怯懦地躲在地窖里的大资产阶级和他们的代理人、号称"市民之王"的路易·菲力普。关于资产阶级对于人民的欺骗，海涅在 1840 年出版的《路德威希·别尔纳》(*Ludwig Börne*) 里写道："这是一个已经一向如此的历史了。从远古以来，人民不是为他自己流血受难，而是为了别人。1830 年 7 月，人民为资产阶级战斗，取得了胜利，这个资产阶级跟那个贵族阶级是同样地没有用，它以同样的自私自利代替了贵族……通过这个胜利，人民毫无所得，得到的只是悔恨和更大的灾难。但是你们相信吧，将来一旦暴风雨的钟声又响起来，人民拿起武器，这回人民就要为自己而战斗，要求应得的酬劳了。"这是多么洪亮的声音，一方面揭露了资产阶级的本质，一方面预言了人民最后的胜利。

在欧洲人民渐渐觉醒、无产阶级逐渐生长的 30 年代，海涅对于当前的政治、文学、哲学，发表了许多进步而精辟的言论。这些政论的和学术的文字都是用锐利的诗笔写成的，具有独特的风格，有时使人想到鲁迅的杂文。这些文字，是德国反动政府所痛恨的，所以在 1835 年，德国的联邦议会禁止了他的著作在德国发行。这些文字，也是最不合乎后来一些资产阶级御用的文学史家的脾胃的，他们对于它们不是闭口不谈，就是横加诋毁。

在这个时期，海涅的诗歌和散文相比，却处在次要的地位。海涅自己有时甚至以为，他的诗是写不下去了。至于他的思想得到更明确的发展，因而他的诗歌也有了更大的进步，是在和马克思结识以后。马克思在 1843 年 10 月底到达巴黎时，海涅到汉堡去了 —— 这是他经过十三年之久，第一次又和自己的祖国会面。海涅在 12 月回到巴黎后，一个二十五岁的科学社会主义的建立者和一个四十六岁的革命民主主义的诗人立即成为最好的朋友。海涅天天和马克思夫妇会面，向他们诵读他的诗，听取他们的批评和意见。哪怕是一首八行的短诗，马克思和海涅也一再商量，斟酌字句，直到一切完美，没有一点琢磨的痕迹为止。而马克思则是"海涅的一个伟大的崇敬者。他对于这个诗人和对于他的作品是同样的热爱，他极其慎重地批判他政治上的弱点。"[①] 1845 年初，法国政府根据普鲁士政府的要求，驱逐马克思离开法国，马克思最不愿与之离别的也是海涅，他临行前在 2 月 1 日给海涅的信里说："我很想把你一同装进我的行囊里去。"[②]

正在这个时期，海涅的诗歌创作达到了最高峰。他的《时代的诗》大部分是和马克思认识以后写成的。这些诗成为

① 见瓦尔特·维克多（Walter Victor）著《马克思与海涅》，第 42—44 页。
② 见马克思恩格斯《论文学与艺术》（德文版），第 362 页。

1848 年革命前夕的时代的回声。诗人在其中控诉和嘲骂了德国君主们的专制和愚蠢，鞭策了德国市民的怠惰和鄙陋，揭发了各种宗教的欺骗，讽刺了资产阶级激进派的狭隘性和妥协性——每首诗都具体、生动，没有空洞的言辞。里边最有力、最能反映出无产阶级思想情感的是声援 1844 年西利西亚纺织工人起义的一首诗。这首诗刚写成不久，恩格斯就在他给《新道德世界》杂志用英文写的通讯里给以崇高的估价，他说："现在德国最杰出的诗人海因里希·海涅，也参加了我们的队伍。他出版了一卷政治的诗，其中有几篇是宣传社会主义的。他是著名的西利西亚纺织工人歌的作者，我把它平凡地给你翻译出来，可是恐怕这诗在英国会被认为是渎神而大不敬的。无论如何，我愿意把它给你，让我只作一个解释：它提到了 1813 年普鲁士人在战场上的呼喊——'国王和祖国与上帝共存！'从那时起这一直是保皇党的一句爱讲的话头。……这诗的德文原文是我所知道的最有力的一篇诗……"①

海涅的长诗《德国，一个冬天的童话》是他 1843 年去汉堡旅途中的收获，它在思想性和艺术性上达到高度的成熟。海涅这次回到祖国，亲自看见德国的反动秩序依然如故，市侩们怠惰无耻，群众没有觉悟，是非不明，而资产阶级反对派则

① 见《新建设》杂志 1955 年 12 月号译出的恩格斯著《共产主义在德国》。

目光短浅：海涅用日常语言，民歌形式，叙述旅途上的经历，里边掺杂着民间的传说和个人的梦想，丰富多彩地反映出德国的现实。海涅在这首诗里明确地提出他的理想：

一首新的歌，更好的歌，

啊朋友，我要为你们制作！

我们已经要在大地上

建立起天上的王国。


我们要在地上幸福生活，

我们再也不要挨饿；

绝不让懒肚皮消耗

两手勤劳的成果。


这"新的歌"的精神贯穿全诗，尽管其中出现许多离奇古怪的丑恶的形象，他在最后一章里写道：

新的一代正在生长，

完全没有矫饰和罪孽，

有自由思想，自由的快乐——

我要向它宣告一切。

## 四 "我倒下了，并没有失败"

海涅的晚年是非常不幸的。他的健康本来就不好，1845年以后更逐渐恶化。1846年9月16日恩格斯从巴黎给布鲁塞尔共产主义联络委员会的信里说到海涅："他瘦得像一个骨头架子。脑部软化在扩大，视觉麻痹也在扩大。"到了1848年，恩格斯在1月14日从巴黎写信给马克思说："他连三步都不能走，他扶着墙从靠椅挪到床边，随后又挪回来。"[①] 从这里我们可以了解海涅的病况，也可以了解马克思和恩格斯对海涅的关怀。

1848年，是《共产党宣言》产生的一年，是巴黎、伦敦、柏林、维也纳都爆发了英勇的人民起义的一年，是全欧洲都为之骚动的一年，而海涅却从这年起，目疾加剧，全身麻痹，不能离开床褥，有八年之久，直到1856年2月17日逝世为止。海涅说，他这八年的岁月是生活在"床褥墓穴"里的。

他在八年的"床褥墓穴"里却没有停止工作，他反而更辛勤了。他最后的两部诗集《故事诗集》和《1853—1854的诗》，以及一些遗诗，都是在这期间内完成的，其中许多诗是《时代的诗》的继续发展。他的秘书卡尔·希雷布兰特（Karl

---

① 二信均见马克思、恩格斯著《论文学与艺术》（德文版），第363页。

Hillebrand）这样叙述他和他创作的情况："海涅的听觉衰弱了，他的眼睛闭上了，干瘦的手指很费力才能把疲弊的眼皮掀起，若是他要看一些事物。他两腿麻痹，全身缩在一起。每天早晨整理床铺时，他被妇女的手抬到扶椅上——他不能忍受男人的服侍。最微小的杂音他也不能担当。他的痛苦是这样强烈，为了求得一些安静，多半只是为了四小时的睡眠，就必须用三种不同的方式服用吗啡。海涅便在无眠的夜里制作他最奇丽的诗歌。全部《故事诗集》是他口授给我写下来的。诗每次都是在早晨就完成了，随后就是延续几小时之久的琢磨。他利用我的青年气，像是莫里哀利用他的女仆鲁意孙的无知一般，和我商讨音调、节奏、意义的明确……同时也仔细斟酌动词的现在时态和过去进行时态，每个过时的和不常用的字都要按照是否合宜来考验，每个字母或音节的省略都被削除，每个没用的形容词都被删去，随处若有疏忽的地方就予以补充。"[1] 海涅在他极大的病痛中就是这样认真而严肃地从事他的写作。

海涅在 1853 年写的《自白》里这样赞颂马克思、恩格斯和他们的学生们："他们无疑地是德国最能干的头脑、最毅力

---

[1] 根据德国民主改革文化协会为纪念海涅逝世一百周年出版的《海因里希·海涅》一书序言里的引文译出（第 44—45 页）。

充沛的人物。 这两个革命博士和他们果敢坚决的学生们都是德国独特的男子，他们据有生活，将来属于他们。"

疾病的缠绕使海涅在晚年也写过一些忧郁而悲哀的诗歌，但是他根本的态度是坚强的，不屈不挠的，我们读他《决死的哨兵》里最后一节吧——

> 一个岗哨空了！——伤口裂开——
> 一个人倒下了，别人跟着上来——
> 我的心摧毁了，武器没有摧毁，
> 我倒下了，并没有失败。

冯至

1956 年

## 星星们动也不动……

星星们动也不动，
高高地悬在天空，
千万年彼此相望，
怀着爱情的苦痛。

它们说着一种语言，
这样丰富，这样美丽；
却没有一个语言学家
能明白这种言语。

但是我学会了它，
我永久不会遗忘；
而我使用的语法
是我爱人的面庞。

## 乘着歌声的翅膀……

乘着歌声的翅膀，
心爱的人，我带你飞翔，
向着恒河的原野，
那里有最美的地方。

一座红花盛开的花园，
笼罩着寂静的月光；
莲花在那儿等待
它那知心的姑娘。

紫罗兰轻笑调情，
抬头向星星仰望；
玫瑰花把芬芳的童话
偷偷地在耳边谈讲。

跳过来暗地里倾听
是善良聪颖的羚羊；
在远远的地方喧腾着
圣洁河水的波浪。

我们要在那里躺下，
在那棕榈树的下边，
啜饮爱情和寂静，
沉入幸福的梦幻。

## 一棵松树在北方……


一棵松树在北方
孤单单生长在枯山上。
冰雪的白被把它包围,
它沉沉入睡。

它梦见一棵棕榈树,
远远地在东方的国土,
孤单单在火热的岩石上,
它默默悲伤。

# 一个青年爱一个姑娘……

一个青年爱一个姑娘，
姑娘却相中另外一个人；
这个人又爱另一个姑娘，
并且和她结了婚。

这个姑娘一时气愤，
嫁给她偶然遇到的
任何的一个男人；
这青年十分苦闷。

这是一个古老的故事，
可是它永久新鲜；
谁正巧碰到这样的事，
他的心就裂成两半。

## 他们使我苦恼……

他们使我苦恼，
气得我发青发白，
一些人用他们的恨，
一些人用他们的爱。

给我的面包掺上毒药，
给我的酒杯注入毒鸩，
一些人用他们的爱，
一些人用他们的恨。

可是她，她最使我
苦恼、气愤和悲哀，
她从来对我没有恨，
也从来对我没有爱。

# 他们坐在桌旁喝茶……

他们坐在桌旁喝茶，
他们谈论着爱情。
先生们都有美感，
太太们都有柔情。

枯瘦的宫廷顾问说：
"爱情必须是柏拉图式。"[①]
顾问夫人轻轻冷笑，
"啊！"她却叹了一口气。

寺僧张开了大嘴：
"爱情不能太粗狂，
不然就会损害健康。"
小姐轻轻低语："怎么讲？"

伯爵夫人忧郁地说：
"爱情是一种受难！"
她温和地把一杯茶

---

① 柏拉图式的恋爱是指精神的，非肉体的恋爱。

捧在男爵先生面前。

桌旁还有一个空座位，
我的爱人，你却不在。
宝贝儿，但愿你也这样
谈论谈论你的爱。

# 一颗星星落下来……

一颗星星落下来
从它闪烁的高空！
这是一颗爱情的星，
我看它在那里陨落。

苹果树上落下来
许多的花瓣花朵。
吹来轻佻的微风，
它们把落花戏弄。

天鹅在池里歌唱，
它浮过来浮过去，
它越唱声音越轻，
最后伸入水的坟墓。

这样的寂静、阴暗！
花瓣花朵都吹散，
那颗星戛然粉碎，
天鹅歌 ① 也无声中断。

① 天鹅歌指死前的最后之歌。

# 罗累莱 ①

不知道什么缘故，
我是这样的悲哀；
一个古代的童话，
我总是不能忘怀。

天色晚，空气清冷，
莱茵河静静地流；
落日的光辉
照耀着山头。

那最美丽的少女
坐在上边，神采焕发，
金黄的首饰闪烁，
她梳理金黄的头发。

她用金黄的梳子梳，
还唱着一支歌曲；

---

① 罗累莱（Lorelei）是传说中的一个魔女，她坐在莱茵河畔一座巉岩顶上，用歌声引诱河上的船夫。

这歌曲的声调，
有迷人的魔力。

小船里的船夫
感到狂想的痛苦；
他不看水里的暗礁，
却只是仰望高处。

我知道，最后波浪
吞没了船夫和小船；
罗累莱用她的歌唱
造下了这场灾难。

## 你美丽的打鱼姑娘……

你美丽的打鱼姑娘，
把小船摇到岸边；
到我这里坐下吧，
让我们握手言欢。

你不要过分害怕，
把头放在我的心旁；
你天天无忧无虑
委身于狂暴的海洋。

我的心也像大海，
有风暴，有潮退潮涨，
也有些美丽的珍珠
在它的深处隐藏。

## 每逢我在清晨……

每逢我在清晨
从你的房前走过，
我看见你在窗内，
亲爱的，我就快乐。

你探索着凝视着我，
用你深褐的眼睛：
"你这他乡多病的人，
你是谁，你有什么病？"

"我是一个德国诗人，
在德国的境内闻名；
说出那些最好的名姓，
也就说出我的姓名。

"我跟一些人一样，
在德国感到同样的痛苦；
说出那些最剧烈的苦痛，
也就说出我的痛苦。"

# 这是一个坏天气……

这是一个坏天气，
下雨刮风又飘雪；
我坐在窗边向外望，
望着外边的黑夜。

一粒寂寞的微光闪闪，
它慢慢地向前摇摆；
是一个妈妈提着小灯
在那里晃过大街。

我相信，她购买了
鸡蛋、黄油和面粉；
她要给她的大女孩
烤一块蛋糕点心。

女孩在家里倒在靠椅上，
睡眼蒙眬地看着灯光；
金黄的卷发波浪一般
拍打着甜美的面庞。

# 我们那时是小孩……①

我们那时是小孩，
两个小孩，又小又快乐；
我们爬进小鸡窝，
我们藏入草垛。

若是人们走过，
我们就学着鸡叫 ——
"咯咯 —— 咯咯！"他们以为，
这是公鸡在叫。

我们把院里的木箱，
裱糊得美丽新鲜，
做成一个漂亮的家，
一块儿住在里边。

我们邻家的老猫，
常常走来访问；
我们鞠躬、请安，

---

① 这首诗是海涅写给他的妹妹的。

向它献尽殷勤。

我们小心和蔼
问它身体平安；
从此对一些老猫
总是这样寒暄。

我们也常常坐着谈话，
事理通达像老人一样，
我们抱怨，在我们的时代
一切都比现在强；

爱情、忠诚和信仰
都从世界里勾销，
咖啡是多么贵，
金钱是多么少！——

儿时的游戏早已过去，
一切都无影无踪——
金钱、世界和时代，
信仰、爱情和忠诚。

## 我的心，你不要忧悒……

我的心，你不要忧悒，
把你的命运担起。
冬天从这里夺去的，
新春会交还给你。

有多少事物为你留存，
这世界还是多么美丽！
凡是你所喜爱的，
我的心，你都可以去爱！

# 世界和人生太不完整……①

世界和人生太不完整 ——
我要向德国的教授请教。
他会把人生拼凑在一起，
做出一个可以理解的系统；
用他的睡帽和他的烂睡衣
堵住这世界大厦上的窟窿。

---

① 这首诗讽刺德国的学者用他们主观的唯心主义牵强附会地来解释世界和人生。

# 《哈尔茨山游记》序诗

黑色的上衣，丝制的长袜，
净白的、体面的袖口，
柔和的谈话和拥抱 ——
啊，但愿他们有颗心！

心在怀里，还有爱情，
温暖的爱情在心里 ——
啊，他们的滥调害死我，
唱些装腔作势的相思。

我要登上高山去，
那里有朴素的人家。
在那里，胸怀自由地敞开，
还有自由的微风吹拂。

我要登上高山去，
那里高高的枞树阴森，
溪水作响，百鸟欢歌，
还飘荡着高傲的浮云。

分手吧，你们光滑的客厅，
油滑的先生！油滑的妇女！
我要登上高山去，
笑着向你们俯视。

# 宣告

暮色朦胧地走近，
潮水变得更狂暴，
我坐在岸旁观看
波浪的雪白的舞蹈，
我的心像大海一样膨胀，
一种深沉的乡愁使我想望你，
你美好的肖像，
到处萦绕着我，
到处呼唤着我，
它无处不在，
在风声里，在海的呼啸里，
在我的胸怀的叹息里。

我用轻细的芦管写在沙滩上：
"阿格内丝，我爱你！"
但可恶的波浪
打在这甜美的自白上，
把它消灭。

折断的芦管、冲散的沙粒、
泛滥的波浪，我再也不信任你们！

天色更暗，我的心更热狂，
我用强大的手，从挪威的树林里，
拔下最高的枞树，
把它插入爱特纳①的火山口，
用这样蘸着烈火的笔头
写在黑暗的天顶：
"阿格内丝，我爱你！"

从此这永不消灭的火字
每夜都在那上边燃烧，
所有的后代子孙
都欢呼着读这天上的字句：
"阿格内丝，我爱你！"

---

① 爱特纳（Ätna）是欧洲最大的火山，在意大利西西里岛上。

# 海中幻影

但是我躺在船边，
梦眼蒙眬，向下观看，
看着明镜般的海水，
越看越深 ——
深深地看到海底，
起始像是蒙眬的雾霭，
可是渐渐色彩分明，
显露出望楼和教堂的圆顶；
最后，日光晴朗，露出来一座城，
具有古老的荷兰风味，
人们来回走动。
老成持重的男人们，穿着黑外衣，
戴着雪白的绉领和光荣的项链，
佩着长剑，一副长的面孔，
他们迈过拥拥挤挤的市场
走向高台阶的市议厅，
那里有帝王的石像守护，
拿着权杖和宝剑。
不远的地方，房屋排列成行，
窗子镜一般地明亮，
菩提树修剪成圆锥形，

房屋前有绸衣窸窣的少女游荡，

细长的身材，如花的面貌，

羞怯地被黑色的小帽

和涌出来的金发围绕。

杂色的侍从们穿着西班牙式的服装，

意气扬扬地走过，还点头致意。

上年纪的妇女，——

穿着褐色过时的衣裳，

手里拿着赞美诗和念珠，

钟声和洪亮的风琴声

催促她们

迈着碎步，

跑向大礼拜堂。


我自己深深感到

远方的声响含着神秘的悚惧！

无穷的渴望、深沉的忧郁

浸入了我的心，

我几乎还没有痊愈的心；——

我觉得心里的伤痕

好像被可爱的嘴唇吻开，

它们又在流血，——

热烈的、红色的血滴，

一滴滴缓缓地滴下，

滴到那下边深深的海市里

一座老屋 ——

一座有高高尖顶的老屋上边，

那里忧郁地没有一个人，

只是在窗前

坐着一个女孩，

她的头偎在臂上，

一个可怜的、被人遗忘的女孩 ——

我却认识你，可怜的、被人遗忘的女孩！


你躲避着我，

隐藏这样深，深到海底，

是闹着孩子的脾气，

你再也不能上来，

人地生疏坐在生疏的人们中间，

几百年之久，

这中间，我的灵魂充满怨恨，

我在大地上到处找你，

并且永久找你，

你这永久亲爱的，

你这长久失落的，

你这终于找到的 ——

我找到了你，我又看见

你甜美的面庞，

聪明的、忠实的眼睛，

可爱的微笑——

我决不再丢开你，

我要下来到你身边，

我伸开两臂

跳下来到你的心旁——

但是正在这时刻，

船长捉住我的脚，

把我从船边上拉回，

他喊着，又愤怒地发笑：

"博士呀，你可是中了魔？"

# 向海致敬

塔拉塔<sup>①</sup>！塔拉塔！

我向你致敬，你永恒的大海！

我从欢呼的心里

向你致敬一万遍，

像当年一万颗希腊人的心

那样向你致敬，

那些克服不幸的、渴望家乡的、

闻名世界的希腊人的心。


潮水汹涌，

它们汹涌、咆哮，

太阳急速地注下来

嬉戏的蔷薇色的光辉，

惊起的海鸥群

长鸣飞去，

马蹄橐橐，盾牌在响，

---

① 塔拉塔（Thalatta），希腊语"海"的译音。希腊历史学家塞诺封（Xenophon）在他的《进军记》（*Anabasis*）里记载，公元前401年希腊雇佣兵参与波斯内战，失败后剩下一万名士兵退却，在望见黑海时，齐声喊道："塔拉塔！塔拉塔！"（海呀！海呀！）

声震远方，像是胜利的欢呼：
"塔拉塔！塔拉塔！"


我向你致敬，你永恒的大海！
你的水向我喧腾，你是故乡的言语，
在你汹涌的波浪世界上
我看着水光闪烁像童年的梦幻，
旧日的回忆又向我重新述说
一切可爱的美丽的玩具、
一切光亮的圣诞节的礼品、
一切红色的珊瑚树、
金鱼、珍珠、彩色的贝壳，
这些你都神秘地保存着
在下边透明的水晶宫里。


啊，在荒凉的他乡我是多么憔悴！
我的心在我的怀里，
像一朵凋萎的花
在植物学家采集标本的铁盒里。
我像是一个病人，
在阴暗的病房度过漫长的冬天，
如今我忽然离开了它，
碧绿的、被太阳唤醒的春天
照得我眼花缭乱，

白花盛开的树木风吹作响，
地上幼小的花朵望着我
用彩色斑斓的、芬芳的眼睛，
到处在放香、作响、呼吸、欢笑，
小鸟们在蔚蓝的天空歌唱 ——
"塔拉塔！塔拉塔！"

你勇敢的退却的心！
北方的蛮女们怎样常常，
怎样令人难堪地常常迫害你！
她们从大的、胜利的眼里
射出灼热的利箭；
她们用尖酸刻薄的语言
威胁我要劈开我的胸膛；
她们用楔形文字的短简
打碎我可怜的、昏迷的头脑 ——
我徒然用盾牌去挡，
箭嗖嗖地射来，刀不断在砍，
我被北方的蛮女们
赶到了海边 ——
我自由地喘一口气向海致敬，
可爱的，救命的大海，
"塔拉塔！塔拉塔！"

## 蝴蝶爱着玫瑰花

蝴蝶爱着玫瑰花，
围绕她飞翔千百回，
多情的日光爱蝴蝶，
围绕他用金色的光辉。

可是玫瑰又爱谁？
我很愿意得个分明。
是那歌唱着的夜莺？
是那沉默无语的金星？

我不知道，玫瑰在爱谁；
我却是爱你们一切：
金星和夜莺，
日光、玫瑰和蝴蝶。

# 蓝色的春天的眼睛

蓝色的春天的眼睛
从草里向外观看；
这些可爱的紫罗兰，
我挑选它们编个花环。

我一边采掇一边想，
所有这些思想
都在我心里叹息，
夜莺儿高声歌唱。

我想的，它都唱出来，
歌声嘹亮，回音四起；
整个的树林已经
知道我心里的秘密。

## 你写的那封信……

你写的那封信，
并不能使我悲伤；
你说你不再爱我，
你的信却是这样长。

好一篇小的手稿！
十二页，层层密密！
人们真是要分开，
不会写得这样详细。

# 星星迈着金脚漫游……

星星迈着金脚漫游，
胆子小，步履轻，
大地睡在夜的怀里，
它们怕把它惊醒。

静默的树林在倾听，
一片叶，一个绿耳朵！
山好像在做梦，
伸出它影一般的胳膊。

可是什么在那里喊？
回声侵入我的心。
是爱人的声音吗，
可只是一只夜莺？

## 天是这样黯淡、平凡……

天是这样黯淡、平凡！
这座城还是这座城 [①] ！
它总是这样愚蠢可怜地
在易北河投下倒影。

长鼻子，还是无聊地
擦鼻涕，和往日一般，
不是伪善的卑躬屈节，
就是妄自尊大的傲慢。

美丽的南方！我多么尊敬
你的神和你的天，
自从我和这堆人垃圾，
和这样的天气又见了面。

---

① 这座城指汉堡。

# 海在阳光里照耀

海在阳光里照耀，
好像是一片黄金，
兄弟们，一旦我死了，
请把我沉入海心。

我永久这样爱海，
海也用它的柔潮
常常清凉我的心；
我们都彼此要好。

# 悲剧

1

跟我逃走吧，做我的妻子，
在我的心旁消去疲乏；
远远地在他乡，我的心
就是你的祖国、你的家。

你不跟我走，我在这里死去，
剩下你也是寂寞、凄凉；
纵使你留在你的家里，
也像是在他乡一样。

2

（这是一首真实的民歌，
我在莱茵河畔听到的。）

春夜里降落严霜，
落在柔嫩的蓝花儿上，
它们凋萎了、干枯了。

一个青年爱一个姑娘，
他们偷偷地逃出家乡，
爹爹、妈妈都不知道。

他们俩到处流浪，
没有幸福也没有星光，
他们衰谢了、死去了。

3

在他们的墓上生长一棵菩提树，
鸟儿和晚风在树间哀诉，
磨房雇工和他心爱的姑娘，
坐在树下边碧绿的草地上。

风吹，是这样轻柔、这样苍凉，
鸟叫，是这样甜美、这样悲伤，
喋喋不休的爱侣忽然沉默无语，
他们哭了，也不知道是什么道理。

# 相逢

1841
菩提树下奏起音乐，
青年男女在那儿舞蹈，
有一对青年没有人认识，
外表是这样高贵、窈窕。

他们飘过来，他们飘过去，
跳着离奇的、异乡的姿势；
他们对面笑，他们摇着头，
那姑娘轻轻低语：

"我的漂亮公子，在你帽上
摇摆着水怪的百合花，
它只生长在深深的海底——
你不是来自亚当的家。

"你是水怪，你要引诱
农村里美丽的少女。
一看你的鱼骨般的牙，
我就立刻认识了你。"

他们飘过来，他们飘过去，
跳着离奇的、异乡的姿势，
他们对面笑，他们摇着头，
那公子轻轻低语：

"我的漂亮姑娘，告诉我，
你的手为什么这样冰凉？
告诉我，为什么这样湿
在你白衣的边缘上？ ①

"我一看就认识了你，
你这样洒脱地屈膝弯腰 ——
你不是人间的孩子，
你是我的小表妹，水妖。"

胡琴停息了，跳舞跳完了，
这两个客客气气地分离。
可惜他们彼此认识太深，
从此他们就互相躲避。

---

① 传说，水妖伪装成少女时，衣裳的边缘上总是湿的。

# 教义

1842　　　　敲起鼓来，你不要恐惧，
　　　　　去吻一吻随军小贩的少女！
　　　　　这就是全部的学问，
　　　　　这就是书里最深的意义。

　　　　　把人们从昏睡中敲起，
　　　　　敲着起身鼓，用青春的力气，
　　　　　敲着鼓永远向前迈进，
　　　　　这就是全部的学问。

　　　　　这是黑格尔的哲学[①]，
　　　　　这是书里最深的意义！
　　　　　我聪明，又是一个好鼓手，
　　　　　所以我懂得这个道理。

---

① 海涅曾经受过黑格尔左派哲学的影响，所以他在主张实践时，说"这是黑格尔的哲学"。

# 警告

忠实的朋友，你算完蛋啦！
你竟让这样的书籍印行！
你若要名誉和金钱，
就必须俯首听命。

我从来没有向你劝告过，
在人民面前这样讲说，
这样讲说那些牧师，
这样讲说最高的统治者！

忠实的朋友，你算完蛋啦！
公侯们有长胳膊，
牧师们有长舌头，
可是人民有长耳朵！

# 给一个政治诗人

1843　　　　你歌唱，像当年的第泰斯 [1]，
　　　　　　满怀里是英雄气概；
　　　　　　但是你却选错了，
　　　　　　你的听众和你的时代。

　　　　　　他们诚然满意地倾听，
　　　　　　感到兴奋，还不住赞美：
　　　　　　你多么能掌握形式，
　　　　　　你的思想是多么高贵。

　　　　　　他们也常常举起酒杯，
　　　　　　给你祝贺健康，
　　　　　　并且大声呼啸，
　　　　　　把你的一些战歌歌唱。

　　　　　　奴仆喜欢唱一首自由歌，
　　　　　　晚间坐在酒馆内：
　　　　　　这能够助长消化力，
　　　　　　也给饮料添些香味。

------

[1]　第泰斯（Tyrtäus），公元前 7 世纪希腊诗人。

# 夜巡逻来到巴黎 [①]

1842

夜巡逻迈着进步的长腿，
你跑来了，这样地慌张！
我家里的亲人近来怎样，
祖国是否已经解放？

那里非常好，寂静的幸福
在礼义之家滋长；
平静安全，采取和平的道路，
德国从自己的内部发展。

不像法国那样表面繁荣，
自由只激动生活的外部；
一个德国人怀抱自由
只是在内心的深处。

科隆大教堂就要完成，

---

① 夜巡逻是指法兰次·丁格尔史推特（Franz Dingelstedt，1814—1881），他在1840年发表了他的《一个世界主义的夜巡逻之歌》，所以海涅这样称呼他。他在1841年冬作为一个报纸的记者到了巴黎，这年11月他和海涅相识。

我们感谢霍亨索伦家族；①

威特巴赫送来玻璃窗②，

哈布斯堡③也给了捐助。


宪法和自由的法令，

都答应了我们，我们保有这个诺言④，

国王的话像尼伯龙根宝物⑤，

深深地沉在莱茵河里边。


自由的莱茵，河流里的布鲁图斯⑥，

再也不会被人抢走！

荷兰人绑住它的脚，

瑞士人按住它的头。

---

① 科隆（Köln）是莱茵河畔的一个城市，那里的大教堂从 1248 年就起始建筑，几世纪之久都没有完成。霍亨索伦（Hohenzollern）是普鲁士王族。普王威廉三世和威廉四世时又继续建筑这座教堂。

② 威特巴赫（Wittelsbach）即维特尔斯巴赫，是巴燕国（又译巴伐利亚）王族。巴燕国王路德威希一世送给这大礼拜堂五面玻璃窗。

③ 哈布斯堡（Habsburg）是奥地利皇族。

④ 普鲁士王威廉三世曾在 1815 年允诺制定宪法，终未实现。

⑤ 中世纪传说，尼伯龙根族的宝物（Nibelungenhort）被沉入莱茵河，没有人知道在什么地方。

⑥ 布鲁图斯（Brutus，公元前 85—公元前 42），罗马政治家，曾刺杀恺撒大帝。

上帝还要赐我们一支舰队①，

爱国者精力饱满，摇着船橹，

快乐地驾驶德国的桡船；

禁锢的惩罚也被消除。


春天在开化，豆荚在爆裂，

在自由的自然里自由呼吸！

我们整个的出版社都被查禁②，

图书检查最后也就自然消失。

# 变质

自然也变坏了吗，
它接受了人的缺陷？
我觉得，植物和动物
如今都像人那样欺骗。

我不相信百合花的纯洁，
蝴蝶儿在和她调戏，
这花衣的浪子吻她，
最后带着她的天真飞去。

我也不认为紫罗兰
这朵小花有多少谦虚，
她用妩媚的香气引诱人，
她暗地里渴望着荣誉。

我也怀疑那只夜莺，
她唱的是不是她的实感；
她夸张、啼泣、发出颤音，
我觉得，只由于她的老练。

真理从地上消失，
忠诚也无影无踪。
狗还是摇尾放出臭味
和往日一样，可是再也不忠诚。

# 生命的航行

日光闪烁着晃来晃去，
波浪摇荡着快乐的小舟。
一片欢笑和歌唱！我坐在里边
轻松愉快，和些亲爱的朋友。

小舟完全撞成了碎片，
朋友们都不善游泳，
他们在祖国沉没了；
暴风把我吹到塞纳河畔 [①]。

和新的同志们登上一只新船；
他乡的潮水汹涌，
把我的船摇来摇去 ——
故乡多么远！我的心多么沉重！

又是一片欢笑和歌唱 ——
风在呼啸，船板嘎嘎地响 ——
天空消逝最后的星光 ——
多么沉重我的心！多么远我的故乡！

---

① 塞纳（Seine）河畔，指巴黎。

# 给赫尔威 ①

1841　　赫尔威，你这铁云雀，

　　你欢叫着高高飞起，

　　向着圣洁的阳光！

　　冬天是否真正消逝？

　　德国是否真正春花怒放？


　　赫尔威，你这铁云雀，

　　因为你飞入高空，

　　你眼里就看不见

　　地上事物 —— 只在你的诗中

　　存在着你歌唱的春天。

---

① 赫尔威（G. Herwegh, 1817—1875），德国革命诗人，他的诗歌里表达的乐观情绪有时到了不顾现实的程度，所以海涅写了这首诗。

# 倾向 ①

1842

德国的歌手，要歌颂
德国的自由，让你的歌
把我们的灵魂掌握，
像马赛曲的歌声，
鼓舞我们去行动。

不再像维特那样呻吟，
他的心只为绿蒂燃烧 ②——
你要告诉你的人民
钟声敲起来的警告，
舌锋像匕首，像剑刀！

不再是柔和的笛箫，
不再是田园的情调 ——

你是祖国的喇叭，
是大炮，是重炮，

---

① 在 19 世纪 40 年代，德国小资产阶级革命的热狂在一些诗歌里得到了反映。
这些诗由于作者缺乏生活上的实践，多是内容空洞，语言夸大，流于一般化。这
首诗是针对这种情况而写的。
② 维特和绿蒂是歌德的小说《少年维特之烦恼》里的主要人物。

吹奏、轰动、震撼、厮杀!

不停地吹奏、轰动、震撼,
直到最后的压迫者逃亡 ——
只向着这个方向歌唱吧,
但是要让你的诗篇
尽可能这样地一般。

# 调换来的怪孩子 ①

一个孩子有个大葫芦头，

浅黄的髭须，苍老的发辫，

蜘蛛般的长臂可是很强健，

有巨大的胃，肠子却又小又短 ——

这是一个排长 ② 把婴儿偷去，

调换来一个怪孩子，

偷偷地放在我们的摇篮里 ——

这个畸形儿，也许就是

所多玛的老人 ③ 用谎话，

用他喜爱的欺诈造成的 ——

我不用说出这怪物的名字 ——

你们都应该把他淹死或烧死！

---

① 德国民间传说，摇篮里的婴儿常常被妖魔用一个丑恶的怪孩子调换。这里指
的是普鲁士。

② 排长，指普鲁士王族。

③ 所多玛（Sodom），即索多玛，死海边城名，据《旧约·创世记》记载，这城
里的人荒淫欺诈，后来全城遭到毁灭。这里的所多玛老人指普鲁士国王腓特烈二
世，因为普鲁士是通过他的狡猾欺诈而强大起来的。

# 镇定

1844

我们睡，像布鲁图斯那样睡觉 ——
可是他醒过来就把冷冰冰的刀
深深地插入恺撒的胸脯！
罗马人都爱吃暴君的血肉。

我们不是罗马人，我们吸着烟草。
每一个民族有他自己的爱好，
每一个民族有他自己的尊严；
在史瓦本 ①，人们煮着最好的肉团。

我们是日耳曼人，善良而安闲，
我们有着健康的草木般的睡眠，
我们睡醒了，也常常口渴，
可是不想喝公侯们的鲜血。

我们忠实，像橳树和菩提的木料，
我们为自己的忠实感到骄傲；
在橳树和菩提的国里，

---

将永久不会有一个布鲁图斯。

纵使我们有一个布鲁图斯，
他也绝不会找到恺撒大帝，
他将要白白地把恺撒寻找；
我们有上好的胡椒蜜糕。

我们有三十六个大小君主，
（这并不太多！）每一个君主
都有一颗星在他们心上保护，
他们用不着担心三月十五①。

我们把他们叫作君父，
他们世代承袭的国土
叫作我们的祖国、家乡；
我们也爱吃酸菜配香肠。

当我们的君父出来散步，
我们就恭恭敬敬地脱帽低头；
德意志，这个虔诚的育儿所，
不是罗马的凶手的巢窝。

---

① 布鲁图斯在公元前 44 年 3 月 15 日刺死恺撒。

# 颠倒世界

1844

这真是颠倒的世界，
我们走路头朝着地！
猎人一打一打地
被那些鹬鸟射死。

如今马骑在人背上，
小牛在烹炸厨子；
天主教夜猫为教学自由
和光明的法律战斗①。

赫令②成为一个长裤党人，
贝蒂娜③告诉我们真理，
一个穿靴子的雄猫

---

① 1844年夏天，有些天主教徒脱离教会，发起德意志天主教运动。

② 赫令（Georg Wilhelm Heinrich Häring, 1798—1871），当时普鲁士的一个御用诗人，忽然在1843年著文反对书报检查，遭到普王威廉四世的谴责。

③ 贝蒂娜，指女作家贝蒂娜·封·阿尔尼木（Bettina von Arnim, 1785—1859）。她在1835年出版《歌德和一个孩子的通信》，里边虚构多于真实；后来在1843年出版《这本书属于国王》，里边思想进步，真实地描写了柏林劳动人民的贫困，遭到禁止。

在舞台上搬来索福克勒斯 ①。


一个猴子给德国英雄们
建筑起烈士祠堂 ②。
据德国的报纸报道，
马斯曼 ③ 最近把头发梳光。


日耳曼的熊成为无神论者，
他们再也不信仰耶稣 ④；
可是法国的鹦鹉们
都成为善良的基督徒 ⑤。


在乌克马克的官家报纸，
搞的事情荒唐透顶：
那里一个死人给活人
写了最卑鄙的墓铭 ⑥。

---

① 《穿靴子的雄猫》是一个讽刺剧本的名称。 这里指的是它的作者蒂克。 蒂克
被威廉四世请到柏林，在 1841 年导演索福克勒斯的悲剧。

② 巴燕国王路德威希在雷根斯堡（Regensburg）建筑英雄烈士祠。

③ 马斯曼（Hans Ferdinand Massmann, 1797—1874），德国语言学教授，一向囚
首垢面，不修边幅。

④ 指当时的哲学家费尔巴哈等。

⑤ 指一部分法国的哲学家，常常重复康德以后的德国哲学的思想。

⑥ 乌克马克（Ukermark），地名。 这家报纸指的是当时的《普鲁士通报》，
1844 年登载一篇文章批评革命诗人赫尔威的诗集《一个生活者的诗》，甚至做人
身攻击，并且给赫尔威拟好了墓铭。

我们不要逆着潮流游泳，

弟兄们！这对我们没有帮助！

让我们登上泰卜罗夫山<sup>①</sup>，

把"国王万岁"高呼！

# 领悟

1844

你眼前可是拨开了云雾？
米歇尔<sup>①</sup>！你如今可觉察到，
人们骗走了最好吃的汤，
从你嘴边骗得十分巧妙？

他们答应补充你的损失，
给你纯净的天上的欢悦，
天上那些天使在烹调
没有肉的幸福极乐！

米歇尔，是你的信仰减弱，
还是你的胃口加强？
你拿起生命的酒杯，
把异教徒的歌曲歌唱！

在地上就营养你的肚皮吧，
米歇尔，什么也不要怕，
将来我们躺在坟墓里，
那里你能够静静地消化。

---

① 米歇尔（Michel），男人的名字，人们常用这个名字称呼那些迟钝而又善于忍耐的人。这里指的是德国人。

## 等着吧

1844

因为我的闪电是这样出色，
你们就以为，我不能雷鸣！
你们搞错了，因为我同样
有一种打雷的本领。

一旦那正当的日子来到，
这本领就恐怖地得到证明；
你们将要听到我的声音，
是长空霹雳，风雨雷霆。

暴风雨将要在那一天
甚至把一些橡树吹倒，
一些教堂的高塔要倒塌，
一些宫殿也将要动摇！

# 夜思

1843
夏

夜里想起德意志，
我就不能安眠，
我的热泪滚滚，
我再也不能闭眼。

一年年来了又去！
自从我离开了母亲，
已经过了十二年；
渴念和想望与日俱深。

渴念和想望与日俱深。
这老人迷住了我的心，
我永久想念着她，
愿上帝保佑这老人！

老人是这样地爱我，
在她写给我的信中，
我看出她的手怎样颤抖，
她的心怎样激动。

母亲永久在我的心里，

十二个长年在那儿流，
十二个长年都已流去，
自从我不把她放在心头。

德意志将永世长存，
这是个内核坚实的地方；
它的橡树，菩提树，
将不断勾起我的怀想。

若是母亲不在那里生存，
我不会这样渴念德意志；
祖国总不会衰朽，
可是母亲能够死去。

自从我离开了那里
许多我爱过的人
都沉入坟墓 —— 我若数一数，
我的心血就要流尽。

可是必须数 —— 我的苦恼
随着死者的数目高涨，
好像尸体滚到我的胸上 ——
感谢上帝！尸体最后都消亡！

感谢上帝！从我的窗户射进
法兰西爽朗的晨光；
我的妻子走来，清晨般地美丽，
她的微笑赶走了德意志的忧伤。

# 西利西亚的纺织工人 [①]

1844

忧郁的眼里没有眼泪，
他们坐在织机旁，咬牙切齿：
"德意志，我们在织你的尸布，
我们织进去三重的诅咒 ——
　　　我们织，我们织!

"一重诅咒给那个上帝，
饥寒交迫时我们向他求祈；
我们希望和期待都是徒然，
他对我们只是愚弄和欺骗 ——
　　　我们织，我们织!

"一重诅咒给阔人们的国王，
我们的苦难不能感动他的心肠，
他榨取我们最后的一个钱币，
还把我们像狗一样枪毙 ——
　　　我们织，我们织!

---

① 1844 年，西利西亚（Schlesien）地方的纺织工人不堪剥削者的压迫，进行反抗，是德国早期工人运动中的大事件。海涅此诗就是为声援这次运动而写的。

"一重诅咒给虚假的祖国，
这里只繁荣着耻辱和罪恶，
这里花朵未开就遭到摧折，
腐尸和粪土养着蛆虫生活 ——
　　我们织，我们织！

"梭子在飞，织机在响，
我们织布，日夜匆忙 ——
老德意志，我们在织你的尸布，
我们织进去三重的诅咒，
　　我们织，我们织！"

# 颂歌 ①

1830　　　　　我是剑，我是火焰。

黑暗里我照耀着你们，
战斗开始时，
我奋勇当先
走在队伍的最前列。

我周围倒着
我的战友的尸体，
可是我们得到了胜利。
我们得到了胜利，
可是周围倒着
我的战友的尸体。

在欢呼胜利的凯歌里
响着追悼会严肃的歌声。
但我们没有时间欢乐，
也没有时间哀悼。

---

① 原诗是散文诗，本诗参考俄文译本，用了分行的形式。

喇叭重新吹起，
又开始新的战斗。

我是剑，我是火焰。

## 与敌人周旋

你兴奋，你有勇气 ——
这也好！
可是不能用兴奋的财宝
代替慎重思考。

敌人战斗，不是为光明正义，
我知道 ——
可是他有短枪，不少的重炮，
许多百磅大炮。

你要镇定地把枪拿起 ——
把枪机扳好 ——
瞄好准 —— 当敌人倒下，
你的心也能为了快乐爆炸。

# 一六四九——一七九三——？？？ ①

不列颠人杀他们的国君，

显得太粗鲁太残忍。

查理王在白厅 ② 里不能成眠，

度过他最后的夜晚。

人们歌唱嘲骂在他的窗外，

还乒乒乓乓钉他的断头台。


法兰西人也客气不了许多。

他们用一辆雇用的马车

把路易·卡贝 ③ 运往刑场；

他们并不给他一辆

按照旧日的礼仪习惯

合乎陛下身份的御辇。


更不堪是玛丽·安东尼特，

因为她只得到一辆双轮车；

---

① 1649，指英国资产阶级革命，英国人民在这年处死英王查理一世。1793，指
法国大革命时，处死法王路易十六和他的妻子玛丽·安东尼特（又译玛丽·安托
瓦内特）。

② 白厅，当时英王的王宫。

③ 卡贝（Capet），法国王族的姓。

没有侍从和更衣的女官，

只有一个长裤党人和她做伴。

卡贝寡妇含着冷笑，傲慢自尊，

撇出哈布斯堡厚重的下唇 ①。


法兰西人、不列颠人都是天生地

没有深情；有深情的

只有德意志人，他们永久一往情深，

甚至在恐怖行动的时辰。

德意志人处理他们的国君

将要永久地戴德感恩。


一辆宫廷马车六匹马拉，

六匹马都披着黑纱戴着黑花，

车头上高坐着哭哭啼啼的马夫，

扬着悲悼的鞭子 —— 德国的君主

将来就这样送到刑场受刑，

人们切断他的头，还是毕恭毕敬。


① 玛丽·安东尼特是奥地利女皇的女儿。（哈布斯堡家族，即奥地利家族，欧洲历史上最强大的，统治领域最广的王室。——编者注）

# 贝尔根的无赖 ①

1846

莱茵河杜塞尔多夫的宫廷，
举行一个化装跳舞会；
蜡烛在闪烁，音乐在喧腾，
五光十色的形体成双成对。

美丽的公爵夫人在舞蹈，
她不住地大声欢笑；
伴舞人是个细长的轻薄郎，
他举止殷勤，身材轻佻。

他戴着一副黑绒的面具，
一只眼睛欢乐地向外看，
像一只明晃晃的匕首
从鞘里拔出来一半。

化装的男女都齐声欢呼，
当他们从他们身边跳过去。
德利克斯和马丽采必尔 ②

---

① 据说从 12 世纪起有一氏族名贝尔根的无赖（Schelm von Bergen），它最后的一代死于 1844 年。
② 德利克斯（Drickes）和马丽采必尔（Marizzebill）是莱茵河一带在化装舞会上常常装扮的两个男女角色。

做出杂沓的声音致意。

愚戆的低音乐器在响，
喇叭发出尖锐的声音，
直到最后跳舞停止了，
音乐也跟着消沉。

"尊贵的夫人，请准我告退，
我现在必须回家转 ——"
公爵夫人笑着说："我不让你走，
你的面目我还没有看见。"

"尊贵的夫人，请准我告退，
看见我会感到战栗和恐怖 ——"
公爵夫人笑着说："我不害怕，
我要看一看你的面目。"

"尊贵的夫人，请准我告退，
我属于黑夜和死亡 ——"
公爵夫人笑着说："我不放开你，
看清你的面目是我的热望。"

他不能驯服这个女人，
虽然用阴暗的语言抗拒；

她最后不容分说，
从他脸上扯下来面具。


"这是贝尔根的刽子手！"
全厅的群众恐怖惊呼，
他们都仓皇退后，
公爵夫人倒向她的丈夫。


公爵很聪明，他临机应变，
来消除他妻子的羞愧。
他拔出他明亮的宝剑，
他说："赶快在我面前下跪！


"我如今用剑一击就使你
光荣地加入骑士的行列，
因为你是个无赖，你将来
就称为贝尔根的无赖老爷。"


于是刽子手成为一个贵族，
成为贝尔根的无赖们的祖先。
一个骄傲的氏族！在莱茵河畔繁荣。
如今这一族都在石棺里安眠。

# 查理一世 ①

1846

国王忧郁地独自一人
坐在林中炭夫的小屋里；
他坐在炭夫孩子的摇篮旁，
单调地唱着催眠的歌曲：

"哀啊波派 ②，什么在草里响？
那是羊在棚里咩咩地叫 ——
你在你的额上带着标记，
睡眠里你这样可怕地微笑。

"哀啊波派，猫儿是死了 ——
你在你的额上带着标记 ——
你将成为一个男子，挥动板斧，
林中的檞树已经在战栗。

"旧日的炭夫的信仰消逝了，
炭夫的孩子们再也不信仰 ——

---

① 英王查理一世在英国资产阶级革命时于 1649 年被处死刑。 这首诗用歌谣体写封建国王甚至在一个睡着的劳动人民的孩子的面前，也感到自己必然的灭亡。
② 哀啊波派，催眠歌里常常用的感叹词 "Eiapopeia" 的译音。

哀啊波派 —— 不信仰上帝，
他们更不信仰国王。

"猫儿是死了，小老鼠都欢喜 ——
我们必定归于灭亡 ——
哀啊波派 —— 天上的上帝，
还有我，地上的国王。

"我的勇气消灭了，我的心病了，
病一天比一天深 ——
哀啊波派 —— 你炭夫的孩子，
我知道，你就是砍我的头的人。

"我的丧歌是你的催眠曲 ——
哀啊波派 —— 你先剪掉
我头上苍白的鬈发，
我的脖颈上响着刑刀。

"哀啊波派，什么在草里响 ——
你获得了这个国家，
猫儿是死了 —— 你把我的头
从腔子的上边砍下。

"哀啊波派，什么在草里响？

那是羊在棚里咩咩地叫。
猫儿是死了，小老鼠都欢喜——
我的小刽子手，你好好睡觉！"

# 现在往哪里去？

1848 年
革命后

现在往哪里去？愚蠢的脚
要把我送回德国；
可是我的理智很聪明，
它摇着头，好像在说：

"战争虽然已经结束，
军事法庭却没有撤销，
人们说，你从前写过
许多值得枪毙的文稿。"

这是真的，一旦被枪毙，
我觉得并不愉快；
我不是英雄，我缺乏
慷慨激昂的姿态。

我也愿意到英国去，
只要那里没有煤烟，
还有英国人 —— 他们的气味
已经使我呕吐、痉挛。

有时也动过念头，

向着美国扬起船帆，
向那庞大的自由棚圈，
里边住满平等的俗汉 ——

这样一个国家使我恐怖，
那里的人嘴里嚼烟叶，
他们打九柱没有王柱 ①，
他们吐痰没有痰壶。

俄罗斯，这美丽的国土，
也许会给我快感，
可是我不能在冬天
忍受那里的皮鞭 ②。

我悲哀地仰望高空，
千万颗星星向我眨眼 ——
但是我自己的星星
没有地方能够看见。

---

① 九柱戏，是用一个木球打九根圆柱的游戏，又叫作"打地球"；九柱中有一根
王柱。
② 指沙皇尼古拉一世的反动统治。

在天空金黄的迷宫里

它也许迷失了方向，

像我自己迷失在

混乱的人间一样。

## 世道

如果有许多财物,
得到的便越来越多。
若只有很少的财物,
很少的财物也被抢夺。

但如果你一无所有,
啊,就让人家埋葬你 ——
因为只是有些财物的人
才有一个生存的权利。

# 死祭

人们不歌唱弥撒，
人们不做卡多式①，
什么也不说，什么也不唱，
在纪念我的死亡的时日。

可是也许在这样的日子，
如果天气美好而温和，
马蒂尔特夫人和保兰②
就散步到蒙马尔特③。

她带来千日红编的花圈，
把我的坟墓修饰，
她叹息着说："可怜的人④！"

眼光里含着湿润的忧郁。

---

① 卡多式（Kadosch），犹太人在纪念死者时给死者做的祈祷。
② 马蒂尔特（Mathilde），海涅的爱人；保兰（Pauline），马蒂尔特的女友。
③ 蒙马尔特（Montmartre），在巴黎北部，那里有墓园。
④ 原文是法语"Pauvre homme！"因为马蒂尔特是法国人。

可惜我住的地方太高，
我不能给我心爱的人
在这里搬来一把椅子；
啊！她疲乏得脚站立不稳。

甜美的、顽强的孩子，
回家时你不要徒步；
你看那栅栏旁边
有一辆马车出租。

# 一八四九年十月 ①

强烈的风已经平息，
家乡又恢复了寂静；
日耳曼，这个大孩子，
又为了圣诞节树高兴。


我们现在要享家庭幸福 ——
更高的想望就要遭殃 ——
和平的燕子已经回来，
它曾经搭窠在我们房顶上。


树林与河流都舒适地休息，
月光笼罩它们是多么温柔；
只有时一声响 —— 是枪声吗？ ——
也许是在枪杀一个朋友。


也许是手里拿着武器，
人们打中了一个疯汉，
（不是人人都有这样多的理智，

---

① 这首诗讽刺德国 1849 年革命失败后的"太平景象"，并对匈牙利人民独立战
争的失败寄予同情。

像弗拉苦斯 [①] 跑得那样勇敢。）


一声响，也许是一个庆祝会，
为了纪念歌德在放鞭炮 [②] ！
赞塔克 [③] 从坟墓里出来
欢迎烟火的喧哗 —— 这古老的琴调。


李斯特也又出现了，这个法兰次 [④]，
他还活着，他没有流血倒在
匈牙利的一个战场上 [⑤]，
俄国人，克罗地亚人都没有把他杀害。


自由的最后的堡垒倒下了，
匈牙利流着血死去 ——
法兰次骑士却安然无恙，
他的军刀 —— 如今放在抽屉里。

---

① 弗拉苦斯（Flaccus）是罗马诗人贺拉斯（Horace，公元前 65—公元前 8）的
名字，他曾在战场上脱逃。
② 1849 年 8 月 28 日，德国各地庸俗地举行歌德诞生百年纪念。
③ 赞塔克（Henriette Sonntag，1806—1854），女歌唱家，从 1830 年退出舞台
生活，1849 年又出来表演。
④ 法兰次·李斯特（Franz Liszt，1811—1886），匈牙利音乐家。这时他充当魏
玛的宫廷音乐师。
⑤ 指匈牙利人民的独立斗争。1849 年奥皇与俄国沙皇联合镇压了匈牙利人民的
起义。

这个法兰次还活着，将要成为老人
被他的孙儿们围绕，
述说匈牙利战争的奇迹——
"我这样躺着，这样挥动我的刀！ ①"

我一听到匈牙利这个名称，
我觉得我的德国内衣太狭小，
它下边好像一片大海在沸腾，
好像有喇叭的声音向我号召。

那久已消逝的英雄传说
又在我的心里作响，
那铁一般粗暴的战士的歌
歌唱着尼伯龙根族的灭亡②。

都是同样的旧日的传闻，
都是同样的英雄的遭逢，
只不过姓名有了改变，
都是同样的"值得称赞的英雄"③。

---

① 莎士比亚剧本《亨利四世》上篇，第 2 幕第 4 场福斯塔夫（Falstaff）的一句夸大的话。

② 德国中古史诗《尼伯龙根之歌》（Nibelungenlied）叙述被称为尼伯龙根族的英雄们的灭亡。

③ 这句见于《尼伯龙根之歌》的第 1 章第 1 节。

这也是同样的命运 ——
英雄必须按照着旧例，
不管旗帜飘扬多么骄傲、自由，
还是败倒于野兽的暴力。

这回牛和熊结成一个联盟[①]——
马扎尔[②]，你倒了下去；
可是你要聊堪自慰，
因为我们蒙受着更深的羞耻。

牛和熊究竟是正派的畜类，
它们相当正直地征服了你；
可是我们却陷入狼、猪
和下流的狗的羁绊里。

它们呼号、呶叫、狂吠，
我难以忍受这些胜利者的气味。
沉静吧，诗人，这伤害你的身体，
还是静默好，你已经这样憔悴。

---

① 牛指奥地利，熊指俄国。

② 马扎尔（Magyar）即匈牙利人。

# 决死的哨兵 ①

在自由战争的最前哨，
三十年来我忠实地坚持。
我战斗，并不希望胜利，
我知道，绝不会健康地回到家里。

我日夜警醒着 —— 我不能睡眠，
像是在一群战友的帐篷里 ——
（这些好人的鼾声把我搅醒，
每逢我有一些儿睡意。）

在那些夜里我常常感到无聊，
也感到恐惧 ——（只有傻子才毫无恐惧）——
为了驱除恐惧，我于是哼出来
一首讽刺诗泼辣的韵律。

是的，我警醒地立着，枪在怀里，
附近出现一个可疑的坏蛋，
我射得准，向他丑恶的肚皮

---

① 原诗题为法语 "Enfant perdu"，意思是站在最危险的岗位的哨兵，这样的哨兵往往是九死一生。

打进一颗热的、滚热的子弹。

这中间当然也能够出现，
这样一个坏蛋 —— 啊，我不能否认 ——
会同样地射得很准，
伤口裂开 —— 我的鲜血流尽。

一个岗哨空了！ —— 伤口裂开 ——
一个人倒下了，别人跟着上来 ——
我的心摧毁了，武器没有摧毁，
我倒下了，并没有失败。

## 抛掉那些神圣的比喻……

抛掉那些神圣的比喻，
抛掉那些虔诚的假定 ——
我们不要拐弯抹角，
来解答这些被诅咒的疑问。

为什么正义者痛苦流血，
曳着沉重的十字架，
坏人反而充作胜利者，
幸福地骑着高大的骏马？

这罪过是什么根由？是不是
我们的主已经不是全能？
或者他本人在搞些坏事？
若是这样，可真是卑鄙。

因此我们追问不停，
直到人们用泥土一把
最后堵住我们的嘴 ——
难道这也算是一个回答？

# 善人

有两个亲爱的兄妹，
妹妹穷，哥哥阔。
"给我一片面包吧。"
穷人向着阔人说。

阔人向着穷人说：
"今天不要搅扰我。
我今天举行盛宴，
请市议会的贵客。

"一人喜欢甲鱼汤，
另一个喜欢菠萝，
第三人爱吃野鸡
加上培利郭①的松蘑。

"第四人只吃海鱼，
第五个也大吃斑鳟，
第六个人什么都吃，
还有很大的酒瘾。"

---

① 培利郭（Périgord），地名，在法国西南，以产松蘑闻名。

可怜的、可怜的妹妹
挨着饿回到家里；
她倒在草垫子上，
深深地叹息死去。

我们都必须死亡！
最后死神的镰刀，
跟对待妹妹一样，
把阔哥哥也割掉。

当这有钱的哥哥
看着他死期将近，
他写下他的遗嘱，
还请来了公证人。

教会里的牧师，
著名的动物馆，
还有一些学校，
都分到大批遗产。

这个伟大的立嘱人，
还把大量的金钱
捐给犹太传道会，
捐给盲哑学院。

他赠送一口钟
给圣·史推芳教堂，
用最好的金属铸成，
重量有五万磅。

这是一口大钟，
早晚都在鸣响，
赞颂他的光荣，
他是万古流芳。

它用铁舌头宣布，
他做了多少好事，
给各种信仰的市民
和他居住的城市。

你人类里的大善人！
跟活着的时候一样，
大钟把你的善举
在死后也一一颂扬！

葬礼隆重举行，
行列光华灿烂；
群众都拥过来，
恭恭敬敬地惊叹。

一辆黑色的车，
有如一座神龛，
插着鸵鸟的黑羽，
车上安放着木棺。

蒙罩着银丝刺绣，
镶饰着许多银片；
黑底上衬托白银，
给人强烈的美感。

六匹马拉着这辆车，
黑布把马身蒙蔽；
这像是宽大的丧服
一直垂到四蹄。

仆人穿着黑制服
紧跟在棺材后边，
用雪白的手帕
遮着哭丧的红脸。

城里的全体名流，
黑色的盛典车辆，
排成长长的行列，
在后边摇摇荡荡。

在这送殡的行列里，
这是自然的道理，
也有市议会的老爷，
可是不是全体。

爱吃野鸡松蘑的
那位今天没有到；
他得了消化不良症，
在不久以前死了。

# 克雷温克尔市恐怖时期追忆 ①

我们，市长和市议会，
对治安无限关怀，
向忠诚的市民各阶层
颁布下边的指令：

"大半都是外国人、外乡人
在我们中间散布叛逆精神。
这样的罪人，感谢上帝，
很少是本地的儿女。

"神的否定者多半也是他们；
谁若是背叛了他的神，
那么他对于人世的官府
最后也将要不听管束。

"对于犹太人和基督徒
服从上级是头等的义务。
所有的犹太人和基督徒，

---

① 克雷温克尔（Krähwinkel），设想的一个城市名称，代表德国狭隘、庸俗而专制的小城市。

天一黑就要关门闭户。

"若有三个人站在一起，
就必得赶快分离。
若是手里没有灯，
夜半深巷就不得通行。

"每个人在商会里，
都要缴出他的武器；
各种各样的火药，
也在同一地方呈缴。

"谁在街上信口批评，
就立即处以极刑；
若是批评只用姿态，
也同样严惩不贷。

"要信任你们的市府，
它对国家忠诚爱护，
它的行政智广恩深，
你要永久把嘴儿闭紧。"

# 谒见 ①

"我不像古代的法老 ②,
把小孩溺死在尼罗河中;
我也不是希律暴君,
下命令屠杀儿童。

"我要像从前我的救世主,
看见孩子就感到愉快;
叫孩子们到我这里来,
尤其是史瓦本的大小孩。"

国王这样说,侍从跑出去,
他回来时带了进来
史瓦本的大小孩,
这小孩向着国王礼拜。

国王说:"你可是史瓦本人?
这不算一个耻辱。"
——"对啦!"史瓦本人回答,

---

① 德国革命诗人赫尔威于 1842 年谒见了普鲁士王威廉四世,随后被普鲁士驱逐出境。他生在史瓦本。
② 法老是埃及国王的称号。

"我降生在史瓦本国土。"

"你可是七个史瓦本人 ① 的后代？"
国王问。 史瓦本人回答：
"我只是其中一个人的，
并不是七个人共同的后代。"

国王继续垂问："在今年
史瓦本的团子做得可好？"——
"我感谢垂问，"史瓦本人回答，
"团子都做得很好。"

"你们可还有伟大的人？"
国王问。 史瓦本人回答：
"目前没有伟大的人，
我们现在只有肥人。"

国王继续问："后来门采尔 ②
可是又挨了许多嘴巴？"
——"我感谢垂问，"史瓦本人回答，
"旧日的嘴巴已经够他消受。"

---

① 七个史瓦本人是德国童话里的人物。
② 门采尔（W. Menzel, 1798—1873），当时的文艺批评家，被书贾打过嘴巴。

国王说:"我的可爱的人,
你不像你的外表这样蠢。"
——"在摇篮里妖魔把我调换,"
史瓦本人回答,"这是主要原因。"

国王说:"史瓦本人一向
爱他们祖国的国土 ——
告诉我说,是什么
把你从你的故乡赶走?"

"天天只有萝卜和酸菜,"
史瓦本人又回答,
"妈妈若是给我炖肉吃,
我也许在那里留下。"

"说出你的请求!"国王说。
史瓦本人于是屈膝跪下,
他喊道:"啊,请您把自由
再还给人民,我的陛下!

"人是自由的,不是生下来
命里就规定是奴隶 ——
啊,陛下,请您还给德国人民
他们的人的权利!"

国王深深地受了感动
这真是美好的一幕一
史瓦本人用他的袖口
擦去眼里的泪珠。


国王最后说:"一个美梦!
——再见吧,你要更聪明一些;
我给你两个伴送人,
因为你是个梦游患者。


"是两个可靠的宪兵
他们把你护送到国境 ——
我已经听到鼓声在响
再见吧! 我必须出去阅兵。"


一个动人的结局
结束了这动人的谒见。
从此国王再也不叫人
把小孩子带到他的面前。

# 泪谷

夜风呼呼地吹入顶窗，
在那顶楼的床上
躺着两个可怜的人；
他们是这样苍白、瘦损。

一个可怜的人在说：
"用你的胳膊抱住我，
你的唇紧吻我的唇，
我要从你身上得到体温。"

另一个可怜的人说：
"当我看着你的眼，
我的贫困和饥寒——
一切人世的痛苦都消散。"

他们吻得多，哭得更多，
他们握着手，叹着气，
他们有时笑，甚至唱歌，
最后没有一些儿声息。

第二天早晨来了检察官，

还带来了一个好医生，
医生检验了这两个尸体，
给予了死亡的证明。

他说，严寒的天气
结合着胃的空虚，
造成了这两人的死亡，
至少促进了死亡的速率。

他补充说，若是寒潮来到，
毛毯保暖非常需要，
他还同样地推荐，
要有健康的养料。

## 谁有一颗心……

谁有一颗心，心里有着爱，
就被人弄得半死不活，
我如今躺在这里，
被人堵住口，绑着绳索 ——

一旦我死了，舌头也会
被人从尸体上割掉；
因为他们怕我说说讲讲
又走出地府阴曹。

死者在墓穴里边，
将要无声无息地腐朽，
对我施展的可笑的罪行，
我永久不会泄露。

# 我的白昼晴朗……

1846

我的白昼晴朗，我的黑夜幸福。
当我弹起诗琴，人民都向我欢呼。
那时我的歌是快乐和火焰，
煽动一些美丽的热烈的情感。

我的夏天还在开花，可是我已经
把收获向我的仓库里运送 ——
许多事物使世界这样可贵、可爱，
可是这些事物我如今就要离开。

乐器从我的手里落下。那只酒杯，
我曾经愉快地放在骄傲的唇边，
如今它打碎了，碎成许多碎片。

神啊！死亡是多么丑恶可悲！
神啊！在这甜美亲切的人间
生活有多么亲切，有多么甜美！

# 德国，一个冬天的童话

## 译者前言

译者在 1973 年翻译海涅的长诗《德国，一个冬天的童话》时，在每章的后边都作了必要的说明和注释，如今校阅译稿，认为还有几点需要作些说明。这几点是：一、这篇长诗为什么标题为《德国，一个冬天的童话》；二、海涅讽刺什么，歌颂什么；三、马克思与海涅在巴黎的交往和这篇长诗的关系；四、关于翻译方面的几句话。

## 一、为什么标题为《德国，一个冬天的童话》？

海涅从 1831 年 5 月离开德国流亡到巴黎，直到 1856 年 2 月在巴黎逝世，在将及二十五年的岁月里，他只在 1843 年 10 月至 12 月、1844 年 7 月至 10 月回德国两次。两次回国的目的地都是汉堡。他第一次回国是为了探视他的母亲，并与汉堡出版商康培协商解决关于出版他的著作的一些问题，但最大的收获是《德国，一个冬天的童话》的产生。他第二次去汉堡，主要是亲自安排他的诗集《新诗》和这篇长诗的印刷出版事宜。海涅在十九世纪二十年代德国的文学界是以一部抒情诗《歌集》和四部散文《旅行记》闻名的，《德国，一个冬天的童话》，用海涅自己的话说，则"是一个崭新的品种，诗体的旅行记，它将显示出一种比那些最著名的政治鼓动诗更为高级的政治"。

这部"诗体的旅行记"不同于一般的旅行记，按照旅程的顺序记载路上的见闻和感想。诗里叙述的作者在德国境内经过的城市和地区，并不是海涅去汉堡时经过的地方，而是他从汉堡回巴黎所走的路线。关于时间，长诗的第一行说明是在11月，实际上海涅在10月29日已经到达汉堡了。诗里的地点和时间，都不符合旅行的实际，这并不是主要的问题，主要的问题是作者为什么把这篇长诗标题为《德国，一个冬天的童话》？"德国"是现实的，"童话"是非现实的，现实的德国和非现实的童话是怎样一种关系？

海涅在这篇长诗的《序言》里说，他还要写"另一本书"，作为补充。这"另一本书"是用书信体写的，没有完成，只写出第一封信（后来海涅文集的编纂者给这片断标题为《关于德国的通信》），其中有一处记载着海涅在柏林大学读书时跟黑格尔的一段谈话："当我对于'凡是存在的都是合理的'那句话表示不满时，他奇异地微笑，并解释说，这也可以说成是'凡是合理的都必须存在'。"黑格尔"凡是现实的都是合理的，凡是合理的都是现实的"这个命题，通过黑格尔对海涅的解释，使人领会到其中隐藏着的革命意义。对此，恩格斯在《路德维希·费尔巴哈与德国古典哲学的终结》里有更为深刻的阐述：“根据黑格尔的意见，现实性决不是某种社会制度或政治制度在一切环境和一切时代所固有的属性。恰恰相反，罗马共和国是现实的，但是把它排斥掉的罗马帝国也是现实的。法国的君主制在 1789 年已经变得如此不现实，即如此丧失了任何必然性，如此不合理，以致必须由大革命（黑格尔谈论这次革命时总是兴高采烈的）来把它消灭掉。所以，在这里，君主制是不现实的，革命是现实的。同样，在发展的进程中，以前的一切现实的东西都会成为不现实的，都会丧失自己的自然性、自己存在的权利、自己的合理性；一种新的、富有生命力的现实的东西就会起来代替正在衰亡的现实的东西，——如果旧的东西足够理智，不加抵抗即行死亡，那就和平地代替；如果旧的东西抵抗这种必然性，那就通过暴力来代替。①”从这种现实与不现实、合理与不合理之间的辩证关系，可以理解海涅为什么把这篇长诗叫作《德国，一个冬天的童话》（以下简称《童话》）。至于海涅在 1841 年写过另一篇长诗《阿塔·特洛尔，一个夏夜的梦》，这里“冬天的童话”与“夏夜的梦”在标题上是互相对应的，但在内容上并没有什么联系。

在十九世纪三十年代末期、四十年代初期，德国的资本主义经济有所发展，可是在政治方面，德意志联邦仍然处在封建分割的落后状态，各邦的王侯大都昏庸无能，而又狂妄自大，广大人民群众

---

① 见《马克思恩格斯全集》，第 21 卷，第 306—307 页。

在他们专制制度的统治下过着被奴役被压迫的生活。先进的思想被禁止，进步的社会活动家被迫害，自发的工人运动遭受残酷的镇压。资产阶级反对派由于它阶级本身的脆弱在反动的封建势力面前显示出极大的妥协性和不彻底性。一般小市民则安于现状，对统治者奴颜婢膝，而又自鸣得意。法国在 1789 年前已经变得很不现实的东西，在半个世纪后的德国却依然存在。海涅在巴黎居住，已经过了十二年零五个月，在巴黎动荡的社会里，呼吸自由空气，接触到当时欧洲各种变革社会的思潮，扩大了眼界，开阔了心胸，一旦回到处于停滞状态的、沉睡的德国，他深深感到德国社会中腐朽的不合理的现实已经失去了必然性，它早就不应该存在了。可是它不仅不肯自行灭亡，反而用尽一切方法和手段，来扼制任何足以促使它灭亡的革命力量。它越是硬要存在，硬要冒充现实，在海涅看来，它也就越是成为非现实的。对于这些非现实的现实，海涅在这篇长诗中用梦境、幻想、童话和传说等方法把它写得光怪陆离，给人以似真还假、似假还真的印象，预示它的必然灭亡和不应存在。过去有些喜剧作者、擅长讽刺的小说家和诗人，善于用这种手法揭露批判社会中的落后现象和反动势力，海涅的机智和幽默在这方面却达到一个新的水平，海涅自己也说，《童话》是"一篇极其幽默的旅行叙事诗"。

但是，海涅对于"凡是合理的都必须存在"则抱有信心，给以热情的歌颂。在当时的德国，反动势力十分猖獗，进步力量受尽迫害，浑浊的空气使人窒息，但是新生的事物仍然萌芽成长。在哲学领域中开展了起着重大解放作用的反宗教斗争，在文艺界"青年德意志"派的作家和诗人们对反动的封建统治进行抨击，早期的工人运动在工业比较发达的地区已经兴起，在劳动人民和知识分子中间传播着各种不同派别的社会主义思想。这时期，无产阶级革命导师马克思"已从唯心主义转向唯物主义，从革命民主主义转向共产主义"[①]。这时，科学的社会主义刚刚开始形成，1848 年的革命高潮虽然尚未到来，但海涅已经感到"一种新的、富有生命力的现实的东西就会起来代替正在衰亡的现实的东西"[②]。他在《童话》开始的第一章里就以严肃的态度歌颂了没有剥削制度的社会理想；在最后一章里满怀信心预告新的一代必将到来，给人以现实之感。因为这是合理的，所以必须存在；纵使今天还不存在，明天必定会存在的。

## 二、作者讽刺什么，歌颂什么？

海涅在《童话》中用大量的篇幅讽刺德国必然灭亡的旧制度和社会中不合理的现象，用一定的章节歌颂合理的未来，并且在适当的地方表达了他自己的思想和立场。作者讽刺的锋芒主要指向三个方面：第一，普鲁士王国的反动政权；第二，所谓反政府的自由主义派别；第三，资产阶级庸俗的市侩。

---

① 列宁：《卡尔·马克思》，见《列宁全集》，第 21 卷，第 59 页。
② 《路德维希·费尔巴哈与德国古典哲学的终结》，见《马克思恩格斯全集》，第 21 卷，第 306—307 页。

自从 1813 年击败拿破仑后，普鲁士与奥地利跟沙皇俄国结成"神圣同盟"，它们在欧洲各地镇压革命，摧残进步力量，复辟封建制度，建立所谓欧洲的"新秩序"。普鲁士政府实行专制主义、王室司法、书报检查法令，使国家成为一个警察国家，在德意志联邦大小三十六个邦国中有典型的代表意义。普鲁士国王威廉四世于 1840 年继承王位后，为了继续维护专制统治，他自作聪明，违背历史潮流，采取了一系列理论上和政治上都十分荒谬的措施。他把教会和国家的最高权力集于一身，把恢复中世纪真正的基督教国家看作是自己的使命；他按照中世纪的方式维护封建贵族的特权；他依靠法学界与法国革命和启蒙运动为敌的历史学派，从过去的历史和所谓德国民族精神中寻找法律根据；他父亲威廉三世向人民许下了制定宪法的诺言，始终不肯实现，他更拒绝执行。恩格斯指出，威廉四世"是普鲁士国家制度的原则贯彻到极点时的产物；从他身上可以看出，这个原则在做最后挣扎，但同时也可看出，它在自由的自我意识面前完全无能为力"[①]。总之，在十九世纪四十年代的形势下，腐朽的、过时的普鲁士国家制度的原则已经到了极不合理的地步，威廉四世既不能接受一种新的自由精神的原则，也不甘心于旧制度的溃灭，他只有想方设法，做最后的挣扎。海涅看透了普鲁士国家制度和威廉四世最后挣扎的反动本质，所以《童话》从开端的几章直到末尾，对于普鲁士政府倡导的伪善的宗教、颁布的书报

① 《普鲁士国王弗里德里希·威廉四世》，见《马克思恩格斯全集》，第 1 卷，第 536 页。

检查令、豢养的残暴而愚昧的军队和宪兵，都给以极其尖锐的讽刺，而且处处都击中要害。冷静的讽刺有时转化为烈火般的愤恨，作者走入德国国境，看到亚琛①驿站悬挂着普鲁士的雄鹰国徽，他要号召莱茵区的射鸟能手，把那只毒鹰射倒在地；作者在最后一章里警告威廉四世，诗人若是像但丁在《神曲·地狱篇》里诅咒一些声势赫赫的人物那样，用"歌唱的烈火"把国王送进地狱，国王将万劫不得翻身。

　　以普鲁士为代表的德意志联邦各邦的统治形式是不得人心的。恩格斯在《德国状况》中指出："这种统治形式既不能使'贵族''基督教德意志人''浪漫主义者''反动派'满意，也不能使'自由主义者'满意。因此，他们就联合起来反对政府，并且组织秘密的学生团体。从这两个派别（因为它们不能够称为党派）的联合中产生了一个不伦不类的自由主义者的派别；这些人在自己的秘密团体里梦想德国有这样一个皇帝，他头戴皇冠，身着紫袍，手执权杖和其他类似的东西，颔下是花白的或棕黄色的长髯，周围是各等级——僧侣、贵族、市民和农民分别议事的等级会议。这是封建的暴虐和现代资产阶级的骗局所合成的最荒谬的混合物，我们想象它多荒谬，它就有多荒谬。②"恩格斯所说的德国自由主义者派别梦想的皇帝，也就是《童话》中的红胡子皇帝。作者用相当多的篇

---

① 亚琛是德国边界毗邻比利时的一座古城，查理曼大帝（Karl der Große，742—814）埋葬在亚琛的教堂里。——编者注
② 《德国状况》，见《马克思恩格斯全集》，第2卷，第650页。

幅，从第十四章后半章到第十七章，通过梦中与红胡子皇帝的对话以及关于皇帝周围死气沉沉的环境的描绘，对于那些自由主义者宣扬的民族主义、浪漫主义、国粹主义等五花八门的杂乱思想，进行了严厉的批判。作者梦中的红胡子皇帝感觉迟钝，行动缓慢，对于将近一百年以来的历史一无所知，作者和他谈话，越谈越不对头，最后作者大声说，"红胡子先生，你是一个古老的神异，你去睡你的吧，没有你我们也将要解救自己"，而且"我们根本用不着皇帝"。作者还指明，那些自由主义者是些"冒牌的骑士"，他们梦寐以求的无非是"中古的妄想与现代的骗局"的混合物，这跟恩格斯所说的"封建的暴虐和现代资产阶级的骗局所合成的最荒谬的混合物"是一致的。这个混合物的制造者们举着黑、红、金三色的旗帜，声称反对政府，以"革命者"自居，实际上是从另一方面与普鲁士国王种种浪漫主义的狂想遥相呼应，互相配合，他们欺骗人民，起着普鲁士的臣仆们所不能起的作用。海涅在十九世纪三四十年代不断地跟这些"革命者"进行斗争，揭露他们反动的实质。这种斗争不只是在《童话》里，而且在海涅其他的诗文里，也有不少的反映。

《童话》第二十一章以后，描述作者旅行的目的地汉堡。汉堡当时是个自由城，不属于普鲁士统治的范围，资本主义比较发达，但是汉堡的资产阶级并没有显示出它作为上升的阶级所应有的革命性，却是中庸、妥协，与封建势力合流。作者从第二十三章的后半章到第二十六章，创造了汉堡守护女神汉莫尼亚，体现出资产阶级庸俗市侩的气质。如果说红胡子还算是出自民间传说，根源于长期居于统治地位的封建思想，那么，汉莫尼亚就是作者面对汉堡的现实创造出来的一个畸形人物。作者遇到汉莫尼亚，她对作者进行了一段冗长的折中主义的说教。她说，德国的过去并不像作者所说的那样坏，她对封建社会体贴入微，多方为它辩解；她还说，现在更有了进步，儿孙们将要吃得饱，喝得够，但又不胜惋惜，人们再也享受不到沉思的寂静和牧歌的幽情。她说，在一把交椅的坐垫下有一口魔术锅，从锅里可以看见德国的将来。作者把坐垫掀开，里面涌出一股令人呕吐的臭气，好像有人从三十六个粪坑里扫除粪便。这三十六个粪坑是德意志联邦的三十六个封建邦国。据汉莫尼亚看来，资产阶级和封建贵族互相协作，在德国的将来，这三十六个"粪坑"将长期存在。但是作者一嗅到这股臭气，立即想到法国革命家圣 - 鞠斯特的一句名言："不能用玫瑰油和麝香治疗人的重病沉疴。"换句话说，必须用暴力、用革命手段才能治疗政治上的重病沉疴，换来美好的将来。

革命后的将来，跟在汉莫尼亚那里看到的将来是完全两样的。海涅一想到真正美好的将来，也就是"凡是合理的都必须存在"的东西，便放声唱出爽朗的颂歌。歌颂的诗句，从比例上看，不到全诗的十分之一，但是由于作者对社会的改革怀有信心，对人类的前途抱有希望，歌声显得格外有力，在光怪陆离、阴沉暗淡的社会中投以光明，起着醒人耳目、振奋人心的作用。作者在第一章里以响亮的歌声唱出"一首新的歌、更好的歌"，宣告将要在大地上建立天上的王国，人们生活幸福，不再挨饿，"绝不让懒肚皮消耗双手勤劳的成果"。以后，作者在旅行经过的地方，面对丑恶的现实，心目中总不放弃对于将来的希望和信心。例如，民族主义诗人贝克尔的《莱茵歌》广泛流传，使"莱茵老人"感到羞愧无地自容时，作者安慰他说，不要去想那些恶劣的诗篇，他不久会听到更好的歌；又如在被称为精神的巴士底狱的科隆大教堂里，作者预言，未来的快乐的骑兵将要在这里居住。在最后一章，作者确信"伪善的老一代在消逝"，"新的一代正在生长"，老一代害着说谎病死去，新的一代没有矫饰和罪孽。

作者为美好的将来歌唱，同时对于过去历史上或传说中为人类的幸福战斗而身受苦难的人物，如钉在十字架上的耶稣、农民战争时期被残酷杀害的再洗礼派的领袖，以及给人间盗取天火的普罗米修斯等，作者也都寄予深切的同情和衷心的钦佩。

恩格斯说："德国人是一个从事理论的民族，但是缺少实践……"[①]十八世纪以来，别国人常嘲讽德国人说，法国人主宰陆地，英国人占领海洋，德国人统治着空中的王国。但是德国的思想界却满足于思想里、梦里的自由，不觉得这是德国人的缺陷。海涅与此相反，认为长此下去，德国将永无出路，落后的状态将难以克服。因此，他在他的著作中常常谈到哲学与革命、思想与行动的关系，二者应该相辅而行，因果相应。在《童话》的第六七两章，海涅创造了一个"黑衣乔装的伴侣"，作为思想见诸行动的象征，这个

---

① 《德国状况》，见《马克思恩格斯全集》，第 2 卷，第 649 页。

"伴侣"向作者说，"我把你所想的变为实际，你想，可是我却要实行"。这是海涅思想中的一个重要内容，在其他章节里也有反映。

但是海涅的思想是复杂的，有时是矛盾的。长诗洋溢着批判的、战斗的精神，间或也流露出悲观的、感伤的情绪。作者望着初升的太阳，看到地球这一边亮了，那一边又转为黑暗，因而觉得太阳照亮地球是徒劳的；又如作者回到汉堡后的所闻所见，以及向汉莫尼亚倾吐的乡愁，里边掺杂着难以排除的感伤情调。这种情绪，不只是在《童话》里，就是在海涅全部著作里，也一再出现。

作者对于美好的将来虽然具有信心，但是在科学的社会主义刚刚开始形成的时期，《童话》里所要唱的"新的歌、更好的歌"仍然是抽象的，属于空想社会主义范畴的，而且在最后一章宣示"新的一代正在生长"时，无视于无产阶级的历史使命，过分夸大了诗人的作用。海涅在写《童话》的同一年，也创作了著名的《西利西亚的纺织工人》，《童话》与之相比，在对无产阶级的历史使命和工人运动的意义的认识上，是逊色的。

海涅是一个杰出的讽刺家，他的讽刺的锋芒所向披靡，能击中敌人的要害，揭露伪善者的本来面目，纠正战友的错误，但是也不能不看到，海涅的讽刺在个别章节过于卖弄机智，流于油滑，例如第九章在哈根的午饭，第二十章与母亲的对话，第二十二章叙述汉堡的变化，这都没有什么深刻的含义，好像只是游戏文章。鲁迅说，"油滑是创作的大敌"，作为杰出的讽刺家的海涅，这方面的缺点也是难免的。

## 三、马克思和海涅的交往与《童话》的关系

1843 年 10 月底，马克思到了巴黎。这时海涅正在汉堡，他在 12 月 16 日回到巴黎后，便在 12 月下旬与马克思结识。二十五岁的马克思和四十六岁的海涅很快建立了友谊。海涅几乎天天和马克思夫妇会面，向他们诵读他的诗，听取他们的批评和意见。梅林在《德国社会民主党史》第一部里提到了海涅和马克思以及恩格斯的关系："海涅在这一时期所写的诗就已经表明，马克思对他的影响多么巨大。他们两人时常不倦地推敲一首不多几行的小诗中的每一词句，直到满意为止。但是海涅对马克思和恩格斯也有深刻的影响；他们在四十年代后半期所写的论文中常常引用海涅的诗。"[①] 马克思和卢格主编的《德法年鉴》双刊号于 1844 年 2 月在巴黎出版，海涅在该刊发表了讽刺诗《国王路德维希赞歌》；后来马克思和海涅都为巴黎出版的德语刊物《前进报》撰稿。1845 年初，法国政府接受普鲁士的要求，驱逐马克思离开法国，马克思在临行前写信给海涅说："在我要离别的人们中间，同海涅离别对我来说是最难受的。我很想把您一起带走。"[②]

马克思在《德法年鉴》上发表的文章中，《黑格尔法哲学批判导言》（以下简称《导言》）是马克思早期最重要的著作之一，它标志着马克思从革命民主主义最终地转到唯物主义和共产主义，第一次指

---

① 梅林：《德国社会民主党史》，第 1 部，第 293—294 页。
② 《马克思致海因利希·海涅》，见《马克思恩格斯全集》，第 27 卷，第 457 页。

出无产阶级是实现社会主义革命的社会力量。这篇文章发表时，正是海涅写作《童话》将近完成的时期。把《导言》和《童话》对照着读，在描述德国的落后状况、批判德国的旧制度和宗教，以及一些个别问题上，《导言》和《童话》有不少共同之处。（二十世纪的二十年代，在德国就有海涅的研究者指出这一点。）关于德国不合理的状况，《导言》里说："现代德国制度是一个时代上的错误，它骇人听闻地违反了公理，它向全世界表明 ancien régime（旧制度）毫不中用；它只是想象自己具有自信，并且要求世界也这样想象。如果它真的相信自己的本质，难道它还会用另外一个本质的假象来把自己的本质掩盖起来，并求助于伪善和诡辩吗？现代的 ancien régime 不过是真正的主角已经死去的那种世界制度的丑角。"[1] 在谈到德国各邦政府时说："这些政府不得不把现代国家世界 —— 它的长处我们没有加以利用 —— 的文明的缺陷和 ancienv régime 的野蛮的缺陷 —— 这些缺陷我们却大加欣赏 —— 结合了起来。"[2] 这种特殊的"结合"致使普鲁士国王威廉四世"想扮演国王的一切角色 —— 封建的和官僚的，专制的和立宪的，独裁的和民主的……"[3] 各邦的臣民甚至"还要承认自己被支配、被统治、被占有的事实，而且要把这说成是上天的恩典！"[4] 关于旧制度统治下的德国，《导言》里所做的深刻的分

---

[1] 《黑格尔法哲学批判导言》，见《马克思恩格斯全集》，第 1 卷，第 456 页。

[2] 同上，第 462—463 页。

[3] 同上，第 463 页。

[4] 同上，第 455 页。

析，海涅在《童话》里都活灵活现地描绘出来了。

针对德国这种落后的、不合理的状况，批判是非常必要的。《导言》号召："应该向德国制度开火！一定要开火！这种制度虽然低于历史水平，低于任何批判，但依然是批判的对象，正像一个罪犯低于人性的水平，依然是刽子手的对象一样。"① 批判的目的是"应当让受现实压迫的人意识到压迫，从而使现实的压迫更加沉重；应当宣扬耻辱，使耻辱更加耻辱。应当把德国社会的每个领域作为德国社会的 partie honteuse（污点）加以描述，应当给这些僵化了的制度唱起它们自己的调子，要它们跳起舞来！为了激起人民的勇气，必须使他们对自己大吃一惊。"② 海涅用锋利的讽刺所做的批判正是按照这种方式、为了这样的目的进行的。尤其是《童话》中一再出现的对宗教的尖锐的批判，更是符合《导言》中提出的要求："废除作为人民幻想的幸福的宗教，也就是要求实现人民的现实的幸福。要求抛弃关于自己处境的幻想，也就是要求抛弃那需要幻想的处境。因此对宗教的批判就是对苦难世界——宗教是它的灵光圈——的批判的胚胎。"③

此外，有些个别现象和问题，《童话》里所攻击和讽刺的，《导言》里也给以批判，如普鲁士政府御用的法的历史学派、在条顿森林中寻找自由的国粹主义者等等。这些，译者在有关章节的"说明

---

① 《黑格尔法哲学批判导言》，见《马克思恩格斯全集》，第 1 卷，第 455—456 页。
② 同上，第 455 页。
③ 同上，第 453 页。

与注释"里都引证过《导言》中的话，这里不再重复了。这种互相吻合，不是偶然的，这说明马克思和海涅在巴黎不及一年的交往时期内，二人所关心的问题有许多是共同的。如果说《导言》是一篇热情充沛的向旧制度开火的檄文，那么，《童话》就是一件所向无敌的极其锐利的武器。二者中间，有那么多的共同点，但是在怎样才能真正摧毁不合理的旧制度这个最重要的问题上，却存在着很大的不同。《导言》最后指出，先进理论是群众斗争的精神武器，群众是改造社会的物质力量，解放德国与解放全人类的任务必然落在无产阶级身上。对于这最重要的一点，《童话》的作者却没有看清，思想是模糊的，如前边已经提到的《童话》的最后一章，颂扬"歌唱的烈火"，过分夸大了诗人的作用。再者，《导言》是科学社会主义经典著作中最早的一篇，《童话》则属于海涅诗歌创作中最高的成就，此后在思想上政治上超过《童话》的作品并不多。

虽然如此，马克思仍然给《童话》以很高的评价。1844 年 9 月 21 日，海涅从汉堡写信给马克思，附寄《童话》的印张清样，希望在巴黎的《前进报》上发表，并请马克思为此写一篇引言（这封信已译出，作为《童话》附录之一）。马克思收到海涅的信后，于 10 月 7 日写信给汉堡的出版商康培："如果海涅还在汉堡，就请您对他寄来的诗转致谢意。到目前为止，我还没有发表关于这些诗的报道，因为我想同时报道第一部分 —— 叙事诗……"[①]1844 年 10

---

① 《马克思致尤利乌斯·康培》，见《马克思恩格斯全集》，第 27 卷，第 453 页。

月 19 日第 84 期的《前进报》上有一篇标题为《海·海涅的新诗》的"编辑部引言",没有署名。但是,诗是由马克思交给《前进报》发表,是无可置疑的,引言在一定程度上也表达了马克思对于《童话》的看法。引言是这样写的:"最近海涅把他近来写的许多新诗寄给我们《前进报》。我们欢迎这些诗,不仅把这看作是一个宝贵的支持,而且也看作是海涅长期冬眠之后重新觉醒的行动和一部新作品的先声。在这部新作品里,我们会看到我们曾经那样喜爱的诗人如今又充满青春的活力,比过去更加赢得我们的爱戴。我们的期望没有落空——在《德国,一个冬天的童话》的标题下,海涅在霍夫曼-康塔出版社出版了一本诗集,无可争辩地我们把这本诗集看作是最优秀作品中的一部,诗人的精神机智横生,感情充沛,从而产生了这些诗篇。新思想的力量把海涅从他那忧郁的睡眠中唤醒了,他全身甲胄登上了舞台,高高地挥动着新的旗帜,作为一个'精干的鼓手'擂动战鼓,呐喊前进。我们将刊载其中的一些章节,今天先发表这篇独具特色的《序言》。"紧接着在 10 月下旬与 11 月内许多期的《前进报》里,《童话》陆续发表了。

马克思离开巴黎后,还很关心《童话》,他在布鲁塞尔发现有人在巴黎翻印《童话》,伪称出版地点是纽约,印刷错误很多,他在 3 月 24 日写信通知了海涅。马克思恩格斯经常引用海涅的诗句,作为斗争的武器,《新莱茵报》从 1846 年 6 月 1 日创刊到 1849 年 5 月 19 日被勒令停刊,马克思恩格斯在这报纸上写的政论文章,引用《童话》中的诗句就有七八处之多。

海涅晚年，由于长期卧病，脱离实际斗争，经常流露出与《童话》中的基本精神相反的消极情绪。他在《童话》里那样坚决地对宗教进行批判，可是他在1851年11月13日用法语口授的遗嘱里有这样的话："四年以来，我断绝了一切哲学的傲慢，回到宗教的思想和情感里来了，我将信仰唯一的上帝、唯一的创世主而死去，我为我不死的灵魂祈求上帝的怜悯。"他在《童话》里那样热情地歌颂将来的没有剥削的社会，可是他在1855年3月30日为《路苔齐亚》法文版写的《序言》里说："我承认未来时代是属于共产主义的，我是用一种忧虑的和非常恐怖的语调来说这句话的。"海涅深信共产主义必将到来，这是历史发展的规律，但他又不能克服对于共产主义社会的疑惧。马克思和恩格斯在他们的通信里常谈到海涅的情况，他们对于海涅长年卧病以及他不幸的身世表示同情。海涅逝世后，他们听到海涅的一些动摇和倒退的言行，马克思深为惋惜，恩格斯曾给以严厉的批评。

## 四、关于翻译方面的几句话

海涅在《序言》的结尾处说："《冬天的童话》是目前由霍夫曼-康培出版社出版的《新诗》的末卷。为了能印成单行本，我的出版者必须把这篇诗送交主管的官厅请它特别照顾，新的改动和删削都是这个更高级的批判的结果。"这是由于当时的书报检查法规定，凡是用纸超过二十印张的书，可以不予检查（但并不排除出版后立即遭到禁止和没收)。为了避免检查，《童话》被收入诗集《新诗》里于 1844 年 9 月底出版。同时海涅又与出版商康培商妥，《童话》另出单行本，所以必须接受书报检查官员的"更高级的批判"。译诗把改动的和删削的都译出来了，并在"说明"中做了注明。《童话》里涉及大量当时德国的人和事，对于中国的读者是生疏的；有些艰涩的韵脚、戏谑的语言，也不是用另一种文字容易表达的；所以原诗中一些精锐有力的诗句，在译诗中失去了它们的光彩，无论是对于原作者或是读者，译者都感到歉疚。

译者还译了海涅给马克思写的关于《童话》的一封信和他为《童话》法文译本草拟的序言，作为两篇附录印在译诗的后边，其用意也在"说明"中作了交代，这里不再重述了。

1977 年 6 月 17 日于北京

# 序言

  下面这篇诗，是我今年一月在巴黎写的，那地方的自由空气侵袭到一些章节里，比我本来所希望的更为尖锐。我不得不立即把这些好像不适应德国气候的地方加以冲淡和删削。虽然如此，当我在三月把原稿寄给我的汉堡出版者的时候，还有各种各样的顾忌提出来要我考虑。我必须再一次搞这讨厌的修改工作，可能会有这样的情况，那些严肃的声音不必要地减弱了，或者被幽默的铃声过于轻快地给掩盖了。有些赤裸的思想，我在急躁的愤怒中又扯掉了它们的无花果叶①，这也许伤害了一些假装正经的、脆弱的耳朵。我很抱歉，但我一意识到有些更大的作家也犯过类似的错误，就足以自慰了。为了作这样的辩解，我完全不想提到阿里斯托芬②，因为他是一个绝对的异教徒，他的雅典观众虽然受过古典教育，但是很少懂得道德。我引塞万提斯③和莫里哀④为证，就能更为合适；塞万提斯写作是为了两个卡斯提州⑤的高等贵族，莫里哀是为了凡尔赛伟大

---

  ① 无花果叶，西方的艺术作品在裸体形象的阴部多用无花果叶遮盖作为饰物。

  ② 阿里斯托芬（Aristophanes，公元前446？—公元前385？），古希腊喜剧作家，他的喜剧中有许多地方对于当时政治、社会以及思想问题进行讽刺。

  ③ 塞万提斯（Miguel de Cervantes，1547—1616），西班牙小说家，《堂吉诃德》的作者。

  ④ 莫里哀（1622—1673），法国富剧作家。

  ⑤ "两个卡斯提"，西班牙中部的两个州，即旧卡斯提与新卡斯提。"伟大的国王"指法王路易十四。

的国王和伟大的宫廷！啊，我忘记了，我们生活在一个十分资产阶级化的时代，可惜我已预先看到，在施普雷河畔，要不就在阿尔斯特河畔[①]，有教养阶层的许多女士们对于我的可怜的诗篇将要轻蔑地皱起多少有些弯曲的小鼻子。但是我以更大的遗憾预先看到的，是那些民族伪善者的大声疾呼，他们如今与政府的嫉恨相配合，也享受检查制度充分的宠爱和尊敬，并能在日报上领先定调子，用以攻击那些敌人，而那些敌人同时也是他们至高无上的主子们的敌人。对于这些身穿黑红金三色制服的英勇走卒的不满，我们心里是有所警惕的。我已经听到他们的醉话："你甚至亵渎我们旗帜的颜色，你这诬蔑祖国的人，法国人的朋友，你要把自由的莱茵河割让给他们！"你们放心吧。我将要重视而尊敬你们旗帜的颜色，如果它值得我的重视和尊敬，如果它不再是一种无聊的或奴性的儿戏。若是把这黑红金的旗帜树立在德国思想的高峰，使它成为自由人类的旌旗，我就愿意为它付出最宝贵的满腔热血。你们放心吧，我跟你们同样地热爱祖国。为了这种爱，我把十三年的生命在流亡中度过，也正是为了这种爱，我又要回到流亡中，也许长此下去，无论如何决不哭哭啼啼，也不做出愁眉苦脸的可怜相。我是法国人的朋友，正如我是一切人的朋友一样，只要他们是理性的和善良的，我自己也不会愚蠢或卑劣到这样地步，以至于去希望德国人和法国人这两个人类优秀的民族互相扭断头颅，使英国和俄国从中得利，使地球

---

① 施普雷（Spree）河畔指柏林。阿尔斯特（Alster）河畔指汉堡。

上所有的容克① 地主和僧侣都幸灾乐祸。 你们安心吧，我永远不会把莱茵河割让给法国人，理由很简单：因为莱茵河是属于我的。 诚然，它属于我，是由于不能出让的与生俱来的权利，我是自由的莱茵河的更为自由的儿子，在它的岸上安放过我的摇篮，我完全不能理解，为什么莱茵河应属于任何一个别人，而不属于本乡本土的人们。 至于亚尔萨斯和洛林②，我自然不能那么轻易地把它们并入德国，像你们所干的那样，因为这两个省的人民是牢固地联系着法国，由于他们在法国大革命中所获得的权利，由于那些平等法律和自由制度，这些法律和制度使资产阶级的心情觉得很舒适，而对于广大群众的胃却还远远不能满足。 可是，亚尔萨斯人和洛林人将会再与德国联合，倘若我们完成法国人已经开始的事业，倘若我们在实践中超越了法国人，像我们在思想领域中已经做到的那样，倘若我们突飞猛进，直到完成思想的最后结论，倘若我们摧毁了奴隶制度，直到它最后的隐身所天堂，倘若我们把居住在地上人间的神从他的屈辱中救出来，倘若我们成为神的解救者，倘若我们使可怜的剥夺了幸福权利的人民、被嘲弄的创造精神和被凌辱的美又得到他们的尊严，正如我们伟大的先师们所述说、所歌颂的和我们作为弟子们所希望的那样 —— 诚然，不只是亚尔萨斯和洛林，全法国随后也要归

---

① 容克（Junker），是指以普鲁士为代表的德意志东部地区的贵族地主。 在德国从封建社会向资本主义社会过渡时期容克地主长期垄断军政要职。——编者注
② 亚尔萨斯（Eldass）、洛林（Lothringen）是法国东北部与德国为邻的两个省。关于这两个省的归属问题，在历史上德国和法国常发生争执。

属我们，全欧洲，全世界 —— 全世界将要成为德意志的！每当我在栎树荫下散步时，我常常梦想德国的这个使命和世界权威。这就是我的爱国主义。

我将要以最后的决心，断然不顾一切，总之，以无限忠诚在另一本书里回到这个题目上来①。对于最坚决的反对论调，我会给以重视，如果它出自一种信念。就是最粗暴的敌对态度我也要耐心原谅，甚至对于白痴我也要答辩，只要他自以为是认真的。与之相反，我的完全沉默的蔑视却给予那毫无气节的败类，他从可厌的嫉妒心和肮脏的私人陷害出发，想方设法在舆论中败坏我良好的名誉，同时还运用爱国主义的、要不就是宗教的和道德的假面具。德国政治的和文艺的新闻界的无政府状况，在这样关系中时常被一种使我不胜惊讶的本领所利用。诚然，舒服特勒②并没有死，他还永远活着，多年来就是文艺界绿林强盗中一个组织完善的匪帮的领袖，那些强盗在我们新闻报纸的波希米亚③森林中搞他们的营生，隐蔽在每个灌木丛、每个树叶后面，听从他们尊严的首领的最轻微的口哨。

还有一句话。《冬天的童话》是目前由霍夫曼 - 康培出版社出版

---

① 这时海涅还在写另一部著作《关于德国的通信》(*Briefe über Deustschlan*)，作为这篇诗的补充，但是没有完成，只写了第一封信。

② 舒服特勒（Schufterle），意思是坏蛋，是席勒剧本《强盗》中的一个反面人物。

③ 波希米亚（Böhmen），在捷克斯洛伐克西北部，席勒剧本中的强盗们在这一带的森林里活动。

的《新诗》的末卷。为了能印成单行本，我的出版者必须把这篇诗送交主管的官厅请它特别照顾，新的改动和删削都是这个更高级的批判的结果。

海因里希·海涅
一八四四年九月十七日，汉堡

# 第一章

在凄故的十一月，
日子变得更阴郁，
风吹树叶纷纷落，
我旅行到德国去。

当我来到边界上，
我觉得我的胸怀里
跳动得更为强烈，
泪水也开始往下滴。

听到德国的语言，
我有了奇异的感觉；
我觉得我的心脏
好像在舒适地溢血。

一个弹竖琴的女孩，
用真感情和假嗓音
曼声歌唱，她的弹唱
深深感动了我的心。

她歌唱爱和爱的痛苦，

她歌唱牺牲，歌唱重逢，
重逢在更美好的天上，
一切苦难都无影无踪。

她歌唱人间的苦海，
歌唱瞬息即逝的欢乐，
歌唱彼岸，解脱的灵魂
沉醉于永恒的喜悦。

她歌唱古老的断念歌[①]，
歌唱天上的催眠曲，
用这把哀泣的人民，
当作蠢汉催眠入睡。

我熟悉那些歌调与歌词，
也熟悉歌的作者都是谁；
他们暗地里享受美酒，
公开却教导人们喝白水。

一首新的歌，更好的歌，
啊朋友，我要为你们制作！

---

① 宗教上麻醉劳苦人民乐天知命、不要起来反抗的歌曲。

我们已经要在大地上
建立起天上的王国。

我们要在地上幸福生活，
我们再也不要挨饿；
绝不让懒肚皮消耗
双手勤劳的成果。

为了世上的众生
大地上有足够的面包，
玫瑰，常春藤，美和欢乐，
甜豌豆也不缺少。

人人都能得到甜豌豆，
只要豆荚一爆裂！
天堂，我们把它交给
那些天使和麻雀。

死后若是长出翅膀，
我们就去拜访你们，
在天上跟你们同享
极乐的蛋糕和点心。

一首新的歌，更好的歌！

像琴笛合奏，声调悠扬！
忏悔的赞诗消逝了，
丧钟也默不作响。

欧罗巴姑娘已经
跟美丽的自由神订婚，
他们拥抱在一起，
沉醉于初次的接吻。

虽没有牧师的祝福，
也不失为有效的婚姻 ——
新郎和新娘万岁，
万岁，他们的后代子孙！

我的更好的、新的歌，
是一首新婚的歌曲！
最崇高的庆祝的星火
在我的灵魂里升起 ——

兴奋的星火热烈燃烧，
熔解为火焰的溪流 ——
我觉得我无比坚强，
我能够折断栎树！

自从我走上德国的土地,

全身流遍了灵液神浆 ——

巨人 ① 又接触到他的地母,

他重新增长了力量。

【说明】

这首长诗的第一章,表达了作者经过十二年的流亡生活又踏上祖国土地时所感到的内心的激动。诗中提到两种截然不同的歌,一种是弹竖琴的女孩弹唱的"断念歌"和"催眠曲",一种是作者所要制作的更好的、新的歌。前一种歌的作者指的是当时一些反动的浪漫主义诗人们,他们与教会合流,用虚伪的爱情和宗教麻痹人民,脱离现实,为封建统治阶级的利益服务。后一种歌则充满信心和热情,宣传早期社会主义思想,在世界上消除剥削。在《序言》中提到的"另一部书"即《关于德国的通信》里,有一段话和诗里的精神是一致的:"消灭对天堂的信仰,不仅具有道德的重要性,也有政治的重要性:人民群众不再以基督教的忍耐承受他们尘世上的苦难,而是渴望地上的幸福。共产主义是这转变了的世界观的自然的结果,并且遍及全德国。"

---

① 巨人,指希腊神话中的安泰。现通译为安泰俄斯(Antäus),安泰的父亲是海神,母亲是地神。安泰在和敌人战斗时,只要一接触到他的母亲大地,他便有不可战胜的新的力量。

第二章


当小女孩边弹边唱，
歌唱着天堂的快乐，
普鲁士的税关人员
把我的箱子检查搜索。


他们搜查箱里的一切，
翻乱手帕、裤子和衬衣；
他们寻找花边，寻找珠宝，
也寻找违禁的书籍。


你们翻腾箱子，你们蠢人！
你们什么也不能找到！
我随身带来的私货，
都在我的头脑里藏着。


我有花边，比布鲁塞尔、
麦雪恩的产品更精细，①
一旦打开我针织的花边，


---

① 布鲁塞尔是比利时的首都，麦雪恩（Mecheln）是比利时北部的城市；两地都
以制造精巧的花边闻名。

它的锋芒便向你们刺去。

我的头脑里藏有珠宝，
有未来的王冠钻石，
有新的神庙中的珍品，
伟大的新神还无人认识。

我的头脑里有许多书，
我可以向你们担保，
该没收的书籍在头脑里
构成鸣啭的鸟巢。

相信我吧，在恶魔的书库
都没有比这更坏的著作，
它们比法莱斯勒本的
霍夫曼的诗歌危险更多。①

一个旅客站在我的身边，

---

① 法莱斯勒本的霍夫曼（Hoffmann von Fallersleben, 1798—1874），姓霍夫曼，出生在法莱斯勒本，德国诗人。由于德国人中姓霍夫曼的比较多，故附加地名，以示区别。1840 年至 1841 年，他先后出版两卷《非政治的诗歌》，诗歌中有浮浅的自由思想，被普鲁士政府撤销他在布累斯劳（Breslau）大学的教授职位。但与此同时，霍夫曼为了争取德国统一，写出《德国人之歌》，该诗以"德国，德国超越一切……"开端，后被德国用作国歌。

他告诉我说，如今我面前
是普鲁士的关税同盟，
那巨大的税关锁链。

"这关税同盟，" —— 他说 ——
"将为我们的民族奠基，
将要把四分五裂的祖国
联结成一个整体。

"在所谓物质方面
它给我们外部的统一；
书报检查却给我们
精神的、思想的统一 ——

"它给我们内部的统一，
统一的思想和意志；
统一的德国十分必要，
向内向外都要一致。"


【说明】
　　作者进入德国国境，受到普鲁士税关人员的检查，但是作者认为，自己头脑里的革命思想是任何反动势力所不能禁止或没收的。在这一章诗的后四节，作者借用一个旅伴对于以普鲁士为首的德意志各邦的关税同盟的"称赞",讽刺了关税同盟和书报检查令。当时由于德国工业逐渐发展,德国资产阶级提出关税统一和政治统一的要求,普鲁士政府于1834年发起关税同盟,除奥地利外,德意志各邦大多数都参加了。关税同盟对于德国经济的发展,起了一定的促进作用,但它也为普鲁士在经济上的领导地位打下基础。海涅为德国的民主统一而斗争,可是由于痛恨反动的普鲁士在德意志各邦称霸,他也就全盘否定关税同盟,这是带有片面性的。至于书报检查令,则完全是反动的。它肇端于1819年德意志同盟议会通过的"卡尔巴特决议",这决议对德国人民的进步活动从各方面进行迫害;1841年,普鲁士政府又颁布"新书报检查令",扼杀进步思想的传播。海涅是书报检查的受害者,他的著作经常受到检查官的删削涂改。


## 第三章


在亚琛古老的教堂

埋葬卡罗鲁斯·麦努斯①——

---

① 卡罗鲁斯·麦努斯是查理曼大帝（Karl der Große, 742—814）的拉丁名字。

（不要错认是卡尔·迈耶，
迈耶住在史瓦本地区。①）


我不愿作为皇帝死去
埋葬在亚琛的教堂里；
我宁愿当个渺小的诗人
在涅卡河畔斯图克特市。②


亚琛街上，狗都感到无聊，
它们请求，做出婢膝奴颜：
"啊外乡人，踢我一脚吧，
这也许给我们一些消遣。"


在这无聊的巢穴
一个小时我就绕遍。
又看到普鲁士军人，
他们没有多少改变。

---

① 卡尔·迈耶（Karl Mayer，1786—1870）是史瓦本诗派中的一个诗人。德国
文学史中的史瓦本诗派指属于后期浪漫派的、出身于史瓦本的诗人。海涅在《史
瓦本镜鉴》（Der Schwabenspiegel）中写道："卡尔·迈耶先生，他的拉丁名字叫作
卡罗鲁斯·麦努斯，……他是一个无力的苍蝇，歌唱金甲虫。"——编者注
② 史瓦本诗派的诗人们大都聚集在涅卡河畔的斯图加特，史瓦本的方言把它叫
作斯图克特（Srukkert）。

仍旧是红色的高领，
仍旧是灰色的大氅——
（"红色意味法国人的血"
当年克尔纳这样歌唱。①）

仍旧是那呆板的队伍，
他们的每个动转
仍旧是形成直角，
脸上是冷冰冰的傲慢。

迈步仍旧像踩着高跷，
全身像蜡烛般的笔直，
曾经鞭打过他们的军棍，
他们好像吞在肚子里。

是的，严格训斥从未消逝，
他们如今还记在心内；
亲切的"你"却仍旧使人
想起古老的"他"的称谓。②

---

① 台奥多尔·克尔纳（Theodor Körner，1791—1813），德国诗人，1813年参加德国人民反抗法国统治的解放战争，阵亡后，其父于1814年为之出版诗集《琴与剑》。"红色意味法国人的血"，是克尔纳的诗句。
② 18世纪末以前，德国习惯上级对下级讲话，不称"你"，而称"他"。

长的髭须只不过是

辫子发展的新阶段：

辫子，它过去垂在脑后①，

如今垂在鼻子下端。


骑兵的新装我觉得不错，

我必须加以称赞，

特别是那尖顶盔，

盔的钢尖顶指向苍天。②


这种骑士风度使人想起——

远古的美好的浪漫蒂克，

城堡夫人约翰娜·封·梦浮康，

以及富凯男爵、乌兰、蒂克。③


想起中世纪这样美好，

想起那些武士和扈从，

他们背后有一个族徽，

---

① 在 18 世纪，普鲁士的士兵都拖着辫子，19 世纪初才废止。

② 威廉四世在 1842 年给普鲁士军队颁布新服装，头戴尖顶盔。

③ 约翰娜·封·梦浮康是柯兹培（Kotzebue，1761—1819），即柯策布，在 1800 年发表的与之同名的一部剧本的女主角，剧本取材于 14 世纪。富凯男爵、乌兰、蒂克，都是当时闻名的浪漫主义作家，他们的诗歌和小说多取材于中世纪。这里海涅故意用乌兰、蒂克与浪漫蒂克协韵。"浪漫蒂克"是浪漫主义的音译。

他们的心里一片忠诚。

想起十字军和骑士竞技，
对女主人的爱恋和奉侍，
想起那信仰的时代，
没有印刷，也没有报纸。

是的，我喜欢那顶军盔，
它证明这机智最高明！
它是一种国王的奇想！
画龙不忘点睛，那个尖顶！

我担心，一旦暴风雨发作，
这样一个尖顶就很容易
把天上最现代的闪电
导引到你们浪漫的头里！

（如果战争爆发，你们必须
购买更为轻便的小帽；
因为中世纪的重盔
使你们不便于逃跑。——）①

———————————

① 这一节在发表时删去，是根据手稿补上的。

我又看见那只鸟，
在亚琛驿站的招牌上，
它毒狠狠地俯视着我，
仇恨充满我的胸膛。

一旦你落在我的手中，
你这丑恶的凶鸟，
我就揪去你的羽毛，
还切断你的利爪。

把你系在一根长竿上，
长竿在旷远的高空竖立，
唤来莱茵区的射鸟能手，
来一番痛快的射击。

谁要是把鸟射下来，
我就把王冠和权杖
授给这个勇敢的人！
向他鼓吹欢呼："万岁，国王！"

【说明】

作者在这一章里抒发了他对普鲁士反动政府的仇恨。通过
关于普鲁士军人的服装和举止行动的描述，反映了普鲁士军队

的顽固和愚昧，并指出，德国反动的浪漫主义诗人与普鲁士国王威廉四世沆瀣一气，从文武两方面美化中世纪，维护封建制度。作者最后号召莱茵区的人民对准普鲁士国徽上的鹰鸟进行射击，直到把它射下。莱茵区虽属于普鲁士，但是莱茵区的人民长期受到法国资产阶级革命的影响，思想进步，反普鲁士统治的势力较大。

## 第四章

夜晚我到了科隆，
听着莱茵河水在响，
德国的空气吹拂着我，
我感受到它的影响——

它影响我的胃口。
我吃着火腿煎鸡蛋，
还必须喝莱茵葡萄酒，
因为菜的味道太咸。

莱茵酒仍旧是金黄灿烂，

在碧绿的高脚杯中，
要是过多地饮了几杯，
酒香就向鼻子里冲。

酒香这样刺激鼻子，
我欢喜得不能自持！
它驱使我走向夜色朦胧，
走入有回声的街巷里。

石砌的房屋凝视着我，
它们好像要向我讲起
荒远的古代的传说，
这圣城科隆的历史。

在这里那些僧侣教徒
曾经卖弄他们的虔诚，
乌利希·封·胡腾描写过，
蒙昧人曾经统治全城。[①]

在这里尼姑和僧侣

---

① 　乌利希·封·胡腾（Ulrich von Hutten，1488—1523），宗教改革时代的人文主义者，参与《蒙昧人书札》（1515—1517）的写作，讽刺当时的僧侣，称僧侣为蒙昧人。

跳过中世纪的堪堪舞 [1]；
霍赫特拉顿，科隆的门采尔，
在这里写过毒狠的告密书。[2]

这里火刑场上的火焰，
把书籍和人都吞没；
同时敲起了钟声，
唱起"圣主怜悯"歌。

这里，像街头的野狗一般，
愚蠢和恶意献媚争宠；
如今从他们的宗教仇恨，
还认得出他们的子孙孽种。——

看啊，那个庞大的家伙
在那儿显现在月光里！
那是科隆的大教堂，
阴森森地高高耸起。

---

[1] 堪堪舞，又译康康舞，是 1830 年后流行西欧的一种热狂放荡的舞蹈，作者用以指教会僧侣的热狂行动。

[2] 霍赫特拉顿（Hochstraaten，1454—1527），科隆的神学者，人文主义者的首要敌人，海涅称他为"科隆的门采尔"。门采尔（Wolfgang Menzel，1798—1873），反动作家，在 1835 年建议德国政府查禁"青年德意志"派进步作家的著作，其中包括海涅的著作。

它是精神的巴士底狱 [①]，
狡狯的罗马信徒曾设想：
德国人的理性将要
在这大监牢里凋丧！

可是来了马丁·路德 [②]，
他大声喊出"停住！"——
从那天起就中断了
这座大教堂的建筑。

它没有完成 —— 这很好。
因为正是这半途而废，
使它成为德国力量
和新教使命的纪念碑。

你们教堂协会 [③] 的无赖汉，
要继续这中断的工程，
你们要用软弱的双手
把这专制的古堡完成！

---

① 巴士底狱，法国专制政府用以镇压人民的牢狱，1789 年大革命时被起义的人民摧毁。
② 马丁·路德（Martin Luther，1483—1546），德国宗教改革的领袖。
③ 教堂协会，1842 年在科隆成立，目的是完成科隆大教堂的建筑。

真是愚蠢的妄想！你们徒然
摇晃着教堂的募捐袋，
甚至向异端和犹太人求乞，
但是都没有结果而失败。


伟大的弗朗茨·李斯特
徒然为教堂的工程奏乐，①
一个才华横溢的国王
徒然为它发表演说！②


科隆的教堂不能完成，
虽然有史瓦本的愚人
为了教堂的继续建筑，
把一整船的石头输运。③


它不能完成，虽然有乌鸦
和猫头鹰尽量叫喊，
它们思想顽固，愿意在
高高的教堂塔顶上盘旋。

---

① 弗朗茨·李斯特（Franz Liszt, 1811—1886），匈牙利音乐家，1842 年 9 月
教堂继续修建开始时，他公开演奏，募集基金。
② 普鲁士国王威廉四世也为教堂继续修建作过演说。
③ 教堂协会在斯图加特的分会，为了教堂修建，运来一船石头。

甚至那时代将要到来，
人们不再把它完成，
却把教堂的内部
当作一个马圈使用。

"要是教堂成为马圈，
那么我们将要怎么办，
怎样对待那三个圣王，
他们安息在里边的神龛？"

我这样听人问，在我们时代
难道我们还要难以为情？
三个圣王来自东方，
他们可以另找居停。

听从我的建议，把他们
装进那三只铁笼里，
铁笼悬在明斯特的塔上，
塔名叫圣拉姆贝尔蒂。①

---

① 圣拉姆贝尔蒂教堂在明斯特。

裁缝王坐在那里 ①
和他的两个同行，
但是现在我们却要用铁笼
装另外的三个国王。

巴塔萨尔先生挂在右方，
梅尔希奥先生悬在左边，
卡斯巴先生在中央 —— 天晓得，
他三人当年怎样活在人间！

这个东方的神圣同盟， ②
如今被宣告称为神圣，
他们的行为也许
不总是美好而虔诚。

---

① 以下五节是在单行本里增添的；最初在《新诗》里发表时，只有这样一节，
这节在单行本里删去了：

三头统治中如果少一个，
就取来另外的一个人，
用西方的一个统治者
代替那东方的国君。

这里所说的"西方的一个统治者"，指普鲁士国王。

② 指普、奥、俄三国在 1815 年结成的神圣同盟。同盟的目的是维护维也纳会
议的决议，镇压革命运动。

巴塔萨尔和梅尔希奥

也许是两个无赖汉，

他们被迫向他们国家

许下了制定宪法的诺言①。


可是后来都不守信用。——

卡斯巴先生，黑人的国王，

也许用忘恩负义的黑心

把他的百姓当作愚氓。


【说明】

像前一章对于普鲁士反动政府一样，作者在莱茵河畔最大的城市科隆（Köln），面对着科隆大教堂，抒发了他对于封建制度的精神支柱教会，尤其是天主教教会的憎恨，这座大教堂兴建于1248年，到了16世纪，因宗教改革停止建筑，有三百年之久。1842年，又继续修建，直到1880年才全部完成。作者把这座大教堂看作是锢闭人民精神的牢狱。他在回顾天主教教会在中世纪所犯下的罪行的同时，他认为这次继续修建的活动，是当时德国反动势力猖狂的一种表现。他希望，这个建筑不要完成，就是已完成的教堂内部，将来也只会被当作一座马圈使用。最后，作者用基督教会中关于三个圣王的传说，影射"神

---

① 普鲁士国王威廉三世在1813年向全国宣布，将制定宪法，但他后来背弃了这个诺言，他的儿子威廉四世也没有实行。

圣同盟"三个主要国家普鲁士、奥地利、沙皇俄国的统治者对人民的压迫和欺骗。

## 第五章

当我来到莱茵桥头，
在港口堡垒的附近，
看见在寂静的月光中
流动着莱茵父亲。

"你好，我的莱茵父亲，
你一向过得怎样？
我常常思念着你
怀着渴想和热望。"

我这样说，我听见水深处
发出奇异的怨恨的声音，
像一个老年人的轻咳，
一种低语和软弱的呻吟：

"欢迎，我的孩子，我很高兴，
你不曾把我忘记；
我不见你已经十三年，
这中间我很不如意。

"在碧贝利西我吞下石头，
石头的滋味真不好过！ ①
可是在我胃里更沉重的
是尼克拉·贝克尔的诗歌。 ②

"他歌颂了我，好像我
还是最纯贞的少女，
她不让任何一个人
把她荣誉的花冠夺去。

"我如果听到这愚蠢的歌，
我就要尽量拔去
我的白胡须，我真要亲自
在我的河水里淹死！

---

① 纳骚公国和黑森公国因河运问题发生争执。黑森政府于 1841 年 2 月在碧贝
利西附近的莱茵河里沉下 103 艘船的石头，阻挡纳骚公国的通航。
② 尼克拉·贝克尔（Nikolaus Becker，1809—1845），当时一首流行的《莱茵歌》
的作者。这首歌作于 1840 年，首句是"他们不应占有自由的、德国的莱茵河"。

"法国人知道得更清楚，
我不是一个纯贞的少女，
他们这些胜利者的尿水
常常掺和在我的水里。

"愚蠢的歌，愚蠢的家伙！
他使我可耻地丢脸，
他使我在政治上
也有几分感到难堪。

"因为法国人如果回来，
我必定在他们面前脸红，
我常常祈求他们回来，
含着眼泪仰望天空。

"我永远那样喜爱
那些可爱的小法兰西 ——
他们可还是穿着白裤子？
又唱又跳一如往昔？

"我愿意再看见他们，
可是我怕受到调侃，
为了那该诅咒的诗歌，
为了我会当场丢脸。

"顽皮少年阿弗烈·德·缪塞[①]，

在他们的前面率领，

他也许充当鼓手，

把恶意的讽刺敲给我听。"


可怜的莱茵父亲哀诉，

他如此愤愤不平，

我向他说些慰藉的话，

来振奋他的心情。


"我的莱茵父亲，不要怕

那些法国人的嘲笑；

他们不是当年的法国人，

裤子也换了另外一套。


"红裤子代替了白裤子，

纽扣也改变了花样，

他们再也不又唱又跳，

却低着头沉思默想。

---

① 阿弗烈·德·缪塞（Alfred de Musset，1810—1857），法国诗人，他写了一首诗《德国的莱茵河》，给贝克尔的《莱茵歌》以尖锐的讽刺。

"他们如今想着哲学，
谈论康德、费希特、黑格尔，
他们吸烟，喝啤酒，
有些人也玩九柱戏。

"他们像我们都成为市侩，
最后还胜过我们一筹；
再也不是伏尔泰的弟子，
却成为亨腾贝格 [1] 的门徒。

"不错，他还是个顽皮少年，
那个阿弗烈·德·缪塞，
可是不要怕，我们能钳住
他那可耻的刻薄的口舌。

"他若把恶意的讽刺敲给你听，
我们就向他说出更恶意的讽刺，
说说他跟些漂亮女人们
搞了些什么风流事。

"你满足吧，莱茵父亲，
不要去想那些恶劣的诗篇，

---

① 亨腾贝格（Ernst Wilhelm Hengstenberger, 1802—1869），柏林大学神学教授。

你不久会听到更好的歌 ——

好好生活吧，我们再见。”


【说明】

　　海涅把莱茵河比作一个久经事变的老人，把它叫作“莱茵父亲”。海涅少年时期，莱茵区被拿破仑率领的法国军队占领，受到法国资产阶级革命思想的影响，人民享有较多的自由，这是在德国任何其他地区所没有的；拿破仑失败后，莱茵区由普鲁士统治，许多方面又恢复老样子，海涅对此深感不满。作者在与“莱茵父亲”的对话中，表达了他对那个时期的怀念，嘲讽了德国狭隘的民族主义，也描述了法国的现状，完全不是革命时期那种朝气蓬勃的景象了。最后作者预示，他在第一章里所提到的“更好的歌”，不久将要代替那种狭隘的民族主义的“恶劣的诗篇”。


## 第六章


有一个护身的精灵，

永远陪伴着帕格尼尼，

有时是条狗，有时是
死去的乔治·哈利的形体。[①]

拿破仑每逢重大的事件，
总是看到一个红衣人。
苏格拉底有他的神灵，
这不是头脑里的成品。[②]

我自己，要是坐在书桌旁，
夜里我就有时看见，
一个乔装假面的客人
阴森森站在我的后边。

他斗篷里有件东西闪烁，
他暗地里在手中握牢，
一旦它显露出来，
我觉得是一把刑刀。

他显得体格矮胖，

---

① 帕格尼尼（Niccolò Paganini, 1782—1840），意大利提琴演奏家。乔治·哈利（Georg Harry, 1780—1838），德国作家，有一段时间陪伴帕格尼尼作演奏旅行。
② 古希腊哲学家苏格拉底认为人的身内有一个神灵，人能听到神灵的声音，按照声音的指使行动。

眼睛像两颗明星，
他从不搅扰我的写作，
他站在远处安安静静。

我不见这个奇异的伙伴，
已经有许多的岁月。
我忽然又在这里遇见他，
在科隆幽静的月夜。

我沿着街道沉思漫步，
我见他跟在我的后边，
他好像是我的身影，
我站住了，他也停止不前。

他停住了，好像有所期待，
我若迈开脚步，他又紧跟，
我们就这样走到
教堂广场的中心。

我忍不住了，转过身来说，
"现在请你向我讲一讲，
你为什么在这荒凉深夜
跟随我走遍大街小巷？

"我总在这样时刻遇见你，
每逢关怀世界的情感
在我的怀里萌芽，每逢
头脑里射出精神的闪电。

"你这样死死地凝视我 ——
在这斗篷里隐约闪烁，
请说明，你暗藏什么东西？
你是谁，你要做什么？"

可是他回答，语调生硬，
他甚至有些迟钝：
"不要把我当作妖魔驱除，
我请求你，不要兴奋。

"我不是过去时代的鬼魂，
也不是坟里跳出的草帚，
我并不很懂得哲学，
也不是修辞学的朋友。

"我具有实践的天性，
我永远安详而沉默，
要知道：你精神里设想的，
我就去实行，我就去做。

"纵使许多年月过去了，
我不休息，直到事业完成——
我把你所想的变为实际，
你想，可是我却要实行。

"你是法官，我是刑吏，
我以仆役应有的服从
执行你所做的判决，
哪怕这判决并不公正。

"罗马古代的执政官，
有人扛着刑刀在他身前。
你也有你的差役，
却握着刑刀跟在你后边。

"我是你的差役，我跟在
你的身后永不离叛，
紧握着明晃晃的刑刀——
我是你的思想的实践。"

【说明】

这首诗表达了海涅的一个重要的观点，即思想必须见诸行动。海涅在《论德国宗教和哲学的历史》中说，我们的思想"使我们不得安宁，直到我们赋予它以形体，促使它成为感性的现象为止。思想要成为行动，语言要成为肉体"。他还说，罗伯斯庇尔的革命行动就是卢梭的思想的实践。作者在这里把自己分为两个人：一个是思想者，一个是实行者；一个是法官，一个是刑吏。后者紧紧跟在前者的后边，带有几分恐怖气氛，迫切地要求思想要行动，判决要执行。

## 第七章

我回到屋里睡眠，
好像天使们催我入睡，
躺在德国床上这样柔软，
因为铺着羽毛的褥被。

我多么经常渴望
祖国的床褥的甜美，
每当我躺在硬的席褥上
在流亡中长夜不能成寐。

在我们羽毛被褥里，
睡得很香，做梦也甜，
德国人灵魂觉得在这里
解脱了一切尘世的锁链。

它觉得自由，振翼高扬
冲向最高的天空。
德国人灵魂，你多么骄傲，
翱翔在你的夜梦中！

当你飞近了群神，
群神都黯然失色！
你一路上振动你的翅膀，
甚至把些小星星都扫落！

大陆属于法国人俄国人，
海洋属于不列颠，
但是在梦里的空中王国
我们有统治权不容争辩。

我们在这里不被分裂，
我们在这里行使主权；
其他国家的人民
却在平坦的地上发展 ——

当我入睡后，我梦见
我又在古老的科隆，
沿着有回声的街巷
漫步在明亮的月光中。

在我的身后又走来
我的黑衣乔装的伴侣。
我这样疲乏，双膝欲折，
可是我们仍然走下去。

我们走下去。我的心脏
在胸怀里惝然割裂，
从心脏的伤口处
流出滴滴的鲜血。

我屡次用手指蘸血，<sup>①</sup>
我屡次这样去做，
用血涂抹房屋的门框，
当我从房屋门前走过。

---

① 作者在这里运用了《旧约·出埃及记》第 12 章犹太人在门框上涂抹羊血作为
标志的故事。不过意义正相反，犹太人涂抹羊血是为了免于灾难，诗里的主人公
在人家的门框上涂抹了他的心血，是对这家的惩罚；立即响起一声丧钟，这意味
着他的伴侣将执行他的判决。

每当我把一座房屋
用这方式涂上标记,
远处就响起一声丧钟,
如泣如诉, 哀婉而轻细。

天上的月亮黯然失色,
它变得越来越阴沉;
乌云从它身边涌过
有如黑色的骏马驰奔。

可是那阴暗的形体
仍然跟在我的后边,
他暗藏刑刀 —— 我们这样
漫游大约有一段时间。

我们走着走着, 最后
我们又走到教堂广场;
那里教堂的大门敞开,
我们走进了教堂。

死亡、黑夜和沉默,
管领着这巨大的空间;
几盏吊灯疏疏落落,
恰好衬托着黑暗。

我信步走了很久
沿着教堂内的高柱，
只听见我的伴侣的足音
在我身后一步跟着一步。

我们最后走到一个地方，
那里蜡烛熠熠发光，
还有黄金和宝玉闪烁，
这是三个圣王的圣堂。

可是这三个圣王，
一向在那里静静躺卧，
奇怪啊，他们如今
却在他们的石棺上端坐。

三架骷髅，离奇打扮，
寒碜的蜡黄的头颅上
人人戴着一顶王冠，
枯骨的手里也握着权杖。

他们久已枯死的骸骨
木偶一般地动作；
他们使人嗅到霉气，
同时也嗅到香火。

其中一个甚至张开嘴，
做了一段冗长的演讲；
他反复地向我解说，
为什么要求我对他敬仰。

首先因为他是个死人，
第二因为他是个国王，
第三因为他是个圣者 ——
这一切对我毫无影响。

我高声朗笑回答他：
"你不要徒劳费力！
我看，无论在哪一方面
你都是属于过去。

"滚开！从这里滚开！
坟墓是你们自然的归宿。
现实生活如今就要
没收这个圣堂的宝物。

"未来的快乐的骑兵
将要在这里的教堂居住，
你们不让开，我就用暴力，
用棍棒把你们清除。"

我这样说，我转过身来，
我看见默不作声的伴侣，
可怕的刑刀可怕地闪光 ——
他懂得我的示意。


他走过来，举起刑刀，
把可怜的迷信残骸
砍得粉碎，他毫无怜悯，
把他们打倒在尘埃。


所有的圆屋顶都响起
这一击的回声，使人震惊！
我胸怀里喷出血浆，
我也就忽然惊醒。


【说明】

这一章是前一章的继续。作者通过一个梦叙述那个"黑衣乔装的伴侣"怎样实践他的革命思想。作者再一次用他在第四章里已经提到过的三个圣王来比喻旧时代陈腐的事物。这三个残骸早就应该把圣堂让给"未来的快乐的骑兵"居住，但他们盘踞在那里，不肯退出。其中一个甚至说，因为他是"死人""国王""圣者"，所以有理由在这里受人尊敬。最后只有用暴力把他们打倒。在描写这个梦以前，作者对于德国人满足

于只在思想中寻求自由的落后状态给以讽刺。诗人席勒在 1801
年写过《新世纪的开端》一诗，其中提到法国人主宰陆地，英
国人占领海洋，德国人则走向内心，"自由只在梦国里存在，美
只在诗歌中繁荣。"可见这种逃避现实的唯心主义的思想在落后
的德国是相当普遍的，甚至席勒对此都不以为耻，而加以颂扬。


## 第八章


从科隆到哈根的车费，
普币五塔勒六格罗舍 ①。
可惜快行邮车客满了，
只好乘坐敞篷的客车。


晚秋的早晨，潮湿而暗淡，
车子在泥泞里喘息；
虽然天气坏路也不好，
我全身充溢甜美的舒适。


---

① 塔勒和格罗舍，是当时对普鲁士货币的名称。

这实在是我故乡的空气，
热烘烘的面颊深深感受！
还有这些公路上的粪便，
也是我祖国的污垢！

马摇摆它们的尾巴，
像旧相识一样亲热，
它们的粪球我觉得很美，
有如阿塔兰塔的苹果 ①。

我们经过可爱的密尔海木，
人们沉静而勤劳地工作，
我最后一次在那里停留，
是在三一年的五月。

那时一切都装饰鲜花，
日光也欢腾四射，
鸟儿满怀热望地歌唱，
人们在希望，在思索 ——

---

① 阿塔兰塔（Atalanta）是希腊传说中善跑的美女。向她求婚的人必须跟她赛跑，
谁若胜过她，才能娶她。但是跟她赛跑的人都输了。后来爱神给希波梅内斯三个
金苹果，希波梅内斯在赛跑时，故意把金苹果抛在地上，阿塔兰塔弯腰去拾苹果
时，希波梅内斯跑到她前边去了。

他们思索，"干瘪的骑士们[①]，
不久将要从这里撤走，
从铁制的长瓶里
给他们斟献饯行酒！

"'自由'来临，又舞蹈，又游戏，
高举白蓝红三色的旗帜[②]，
它也许甚至从坟墓里
迎来死者，拿破仑一世！"[③]

神啊！骑士们仍旧在这里，
这群无赖中有些个
来时候是纺锤般的枯瘦，
如今都吃得肚皮肥硕。

那些面色苍白的流氓，
看来像"仁爱""信仰"和"希望"，
他们贪饮我们的葡萄酒，
从此都有了糟红的鼻梁——

并且"自由"的脚脱了臼，

---

① "骑士们"指普鲁士的士兵。
② 白、蓝、红，是莱茵区旗帜的颜色。
③ 莱茵区人民想望死去的拿破仑的再来，主要是为了摆脱普鲁士的统治。

再也不能跳跃和冲锋；
法国的三色旗在巴黎
从塔顶忧郁地俯视全城。

皇帝曾经一度复活，
可是英国的虫豸却把他
变成一个无声无臭的人，
于是他又被人埋入地下。[1]

我亲自见过他的葬仪，[2]
我看见金色的灵车，
上边是金色的胜利女神，
她们扛着金色的棺椁。

沿着爱丽舍田园大街，
通过胜利凯旋门，
穿过浓雾蹈着雪，
行列缓缓地前进。

音乐不谐调，令人悚惧，

---

[1] 拿破仑滑铁卢战败后被英国流放到大西洋上的圣赫勒岛，后死于岛上。
[2] 拿破仑的灵柩运回法国后，法国政府在 1840 年 12 月 15 日为拿破仑举行葬礼，葬在巴黎荣军院里。关于这次葬礼的凄凉景象，海涅在一部报道法国的政治、艺术与人民生活的著作《路苔齐亚》第一部分第 29 节里有类似的叙述。

奏乐人都手指冻僵。
那些旌旗上的鹰隼
向我致意，不胜悲伤。

沉迷于旧日的回忆，
人们都像幽灵一般 ——
又重新咒唤出来
统治世界的童话梦幻。

我在那天哭泣了。
我眼里流出眼泪，
当我听到那消逝了的
亲切的喊声"皇帝万岁！"

【说明】

作者乘车从科隆去哈根（Hagen），路过密尔海木（Muhlheim）。海涅于 1831 年 5 月离开祖国去巴黎时，曾路过这里。这个莱茵区的城市当时在法国 1830 年 7 月革命的鼓舞下，革命热情高涨，人们以为可以把普鲁士的士兵赶走。这里还表达了莱茵区居民对于拿破仑的怀念。关于拿破仑，恩格斯在《德国状况》（1845）里说，"对德国来说，拿破仑并不像他的敌人所说的那样是一个专横跋扈的暴君。他在德国是革命的代表，是革命原理的传播者，是旧的封建社会的摧毁人"（《马克思恩格斯全集》第 2 卷第 636 页）。后来恩格斯在《暴力在历史中的作用》一文中也指出，莱茵居民在1848年以前一直是"亲法的"，并且说，"海涅的法国狂、甚至他的波拿巴主义也不过是莱茵河左岸人民普遍情绪的反映？"（《马克思恩格斯全集》第21卷第508页）。但是十二年后，作者重来此地，只见一切如故，普鲁士的军队仍旧在这里驻扎。并且通过关于拿破仑葬仪的叙述，他告诉德国人说，现在的法国也不是革命时期的景象了，代之而起的是资产阶级唯利是图的市侩社会。这一章可与前边的第五章参照。


## 第九章


我早晨从科隆出发，
是七点四十五分；
午后二点才吃午饭，
这时我们到了哈根。


饭桌摆好了。这里我完全
尝到古日耳曼的烹调，
祝你好，我的酸菜，
你的香味使人魂消！

绿白菜里蒸板栗！
在母亲那里我这样吃过！
你们好，家乡的干鱼！
在黄油里游泳多么活泼！

对于每个善感的心
祖国是永远可贵 ——
黄焖熏鱼加鸡蛋
也真合乎我的口味。

香肠在滚油里欢呼！
穿叶鸟 ①，虔诚的小天使，
经过煎烤，拌着苹果酱，
它们向我鸣叫："欢迎你！"

"欢迎你，同乡，"——它们鸣叫——
"你长久背井离乡，
你跟着异乡的禽鸟
在异乡这样长久游荡！"

① 穿叶鸟，原文是 Krammetsvogel，属于鸫鸟类，北京民间叫作穿叶儿，所以
译为穿叶鸟。

桌上还有一只鹅，
一个沉静的温和的生物。
她也许一度爱过我，
当我俩还年轻的时候。

她凝视着，这样意味深长，
这样亲切、忠诚，这样伤感！
她确实有一个美的灵魂，
可是肉质很不嫩软。

还端上来一个猪头，
放在一个锡盘上；
用月桂叶装饰猪嘴，
仍然是我们家乡的风尚。


【说明】

　　这是一首游戏诗，没有多少含义。在德国，人们用鹅比喻愚蠢的女人。"用月桂叶装饰猪嘴"，讽刺庸俗社会里对拙劣诗人的吹捧。

# 第十章

刚过了哈根已是夜晚，
我肠胃里感到一阵寒颤。
我在翁纳的旅馆里
才能够得到温暖。

那里一个漂亮的女孩
亲切地给我斟了五合酒①；
她的鬈发像黄色的丝绸，
眼睛是月光般地温柔。

轻柔的威斯特法伦口音，
我又听到，快乐无穷。
五合酒唤起甜美的回忆，
我想起那些亲爱的弟兄。

想起亲爱的威斯特法伦人，
在哥亭根我们常痛饮通宵，
一直喝到我们互相拥抱，
并且在桌子底下醉倒！

---

① 五合酒是用甘蔗酒、糖、柠檬汁、茶、水混合成的一种饮料。

我永远这样喜爱他们，
善良可爱的威斯特法伦人，
一个民族，不炫耀，不夸张，
是这样坚定、可靠而忠心。

他们比剑时神采焕发，
他们有狮子般的心胸！
第四段、第三段的冲刺①，
显示得这样正直、公正！

他们善于比剑，善于喝酒，
每逢他们把手向你伸出
结下友谊，便流下眼泪；
他们是多情善感的栎树。

正直的民族，上天保佑你们，
他赐福于你们的后裔，
保护你们免于战争和荣誉，
免于英雄和英雄事迹。

他总把一种很轻微的考验

---

① 第四段、第三段，在击剑术中是容易伤及对手的两段程序。

赠送给你们的子孙，

他让你们的女儿们

漂漂亮亮地出嫁！

【说明】

　　作者路过威斯特法伦（Westfalen）省的翁纳（Unna）城，回想起他在哥亭根（Göttingen）大学读书时威斯特法伦社团的团友们。海涅一度参加过这个社团。大学里社团的活动经常是喝酒比剑。这些人青年时很正直，而且多情善感，但是后来大都与世浮沉，过着庸俗的市民生活。最后两节，作者为他们所祈求的，也正是作者所不愿见到的实际情况。这是海涅讽刺诗中的另一种手法。

第十一章

这是条顿堡森林，

见于塔西佗的记述，

这是古典的沼泽，

瓦鲁斯在这里被阻。①

柴鲁斯克族的首领，
赫尔曼，这高贵的英雄，
打败瓦鲁斯；德意志民族
在这片泥沼里获胜。

赫尔曼若没有率领一群
金发的野蛮人赢得战斗，
我们都会成为罗马人，
也不会有德意志的自由！

只有罗马的语言和习俗
如今会统治我们的祖国，
明兴甚至有灶神女祭师②，
史瓦本人叫作吉里特③！

亨腾贝格成为脏腑祭师，

---

① 塔西佗（Tacitus，55？—120？），古罗马历史学家著有《日耳曼尼亚志》一书，书中记载了条顿堡森林的战役。属于日耳曼人的柴鲁斯克族的首领赫尔曼（Hermann）于公元 9 年在条顿堡森林中击败瓦鲁斯（Varus）统率的罗马军队。
② 古罗马的女灶神名维斯塔（Vesta），她的女祭师必须永保童贞，看守"永恒之火"。
③ 明兴是德国南部的重要城市，一般译为慕尼黑。吉里特是罗马公民的尊称。

拨弄着祭牛的肚肠。①
奈安德会成为鸟卜祭师，
他观察鸟群的飞翔②。


毕希 - 裴菲尔③要喝松脂精，
像从前罗马妇女那样，——
（据说，她们这样喝下去，
小便的气味会特别香。）


劳默④不会是德国的流氓，
而是个罗马的流氓痞子。
弗赖利格拉特⑤将写无韵诗，
像当年的贺拉斯⑥。

① 脏腑祭师，古罗马的一种祭师，他们根据祭牛内脏的部位占卜。
② 奈安德（August Neander, 1789—1850），柏林神学教授。鸟卜祭师根据鸟的飞翔预言神的意图。
③ 毕希 - 裴菲尔（Birch-Pfeiffer, 1800—1868），德国女演员兼剧作家。
④ 劳默（Friedrich von Raumer, 1781—1873），即劳默尔，德国历史学家。海涅在柏林大学听过他的课。
⑤ 弗赖利格拉特（Ferdinand Freiligrath, 1810—1876），德国三月革命前的抒情诗人，曾与马克思一同编过《新莱茵报》。
⑥ 贺拉斯（Quintus Horatius Flaccus, 公元前 65—公元前 8），古罗马诗人。古罗马诗是不押韵的。

那粗鲁的乞丐杨[①]老爹，

如今会叫作粗鲁怒士。

天啊！马斯曼将满口拉丁，

这个马可·图留·马斯曼奴斯。[②]


爱真理的人将在斗兽场

跟狮子、獒犬、豺狼格斗，

他们决不在小幅报刊上

去对付那些走狗。


我们会只有一个尼禄，

而没有三打的君主。

我们会把血管割断，

抗拒奴役的监督[③]。


谢林将是一个塞内卡，

---

①　杨即弗里德里希·路德维希·雅思，(Friedrich Ludwig Jahn, 1778—1852)，德国体育学家，他早年参加反拿破仑的战争，后来思想保守，成为国粹主义的民族主义者。

②　马斯曼也是国粹主义者。作者把他和罗马政治家兼演说家马可·图留·西塞罗（Marcus Tullius Cicero, 公元前106—公元前43）相比，所以把马斯曼的姓拉丁化，并冠以西塞罗的名字。

③　尼禄（Nero, 37 — 68），罗马暴君，他迫使他的师傅、政治家兼哲学家塞内卡(Seneca, ? — 65) 割断血管自杀。德意志联邦共有三十六邦，所以说是"三打"。

他会丧生于这样的冲突[①]。

我们会向柯内留斯说:

"任意涂抹不是画图![②]" ——


感谢神! 赫尔曼赢得战斗,

赶走了那些罗马人;

瓦鲁斯和他的师旅溃败,

我们永远是德国人!


我们是德国人, 说德国话,

像我们曾经说过的一般;

驴叫作驴, 不叫阿西奴斯[③],

史瓦本的名称也不改变。


劳默永远是德国的流氓,

还荣获了雄鹰勋章。

弗赖利格拉特押韵写诗,

并没有像贺拉斯那样。

---

① 谢林 (Friedch Wilhelm Joseph Schelling, 1775—1854), 德国哲学家。1841
年普王威廉四世把谢林从明兴召往柏林, 因此作者想到塞内卡的下场。

② 柯内留斯 (Peter von Cornelius, 1783—1867 ), 德国画家。"任意涂抹不是
画图", 是拉丁文诸语, 诗中用的拉丁原文: "Cacatum non est pictum"。

③ 拉丁语称驴为 asinus, 音译为阿西奴斯。

感谢神，马斯曼不说拉丁，

毕希 - 裴菲尔只写戏剧，

并不喝恶劣的松脂精

像罗马的风骚妇女。


赫尔曼，这都要归功于你，

所以为你在德特摩尔城 [①]

立个纪念碑，是理所当然，

我自己也曾署名赞成。


【说明】

在这一章里作者对于德国的国粹主义者进行尖锐的讽刺，这些国粹主义者在荒远的古代去寻找所谓"德意志的自由"。在海涅写这篇长诗的同时，马克思在《黑格尔法哲学批判导言》里写道："具有条顿血统并有自由思想的那些好心的热情者，却到我们史前的条顿原始森林去找我们自由的历史。但假如我们自由的历史只能到森林中去找，那么我们的自由历史和野猪的自由历史又有什么区别呢？况且谁都知道，在森林中叫唤什么，就有什么回声。还是不要触犯原始的条顿森林吧！"(《马克思恩格斯全集》第 1 卷，第 454—455 页。）这一章诗的主题和马

---

① 德特摩尔是条顿堡森林东边的一座城市。1838 年起始在那里给赫尔曼建立纪念碑。

克思的这段话是一致的。作者还利用德语和拉丁语的文字游戏，把德国人名拉丁化，对当时德国文化界的显赫人物给以嘲讽，而对于古代的罗马也不像一般资产阶级学者那样加以美化。

## 第十二章

在夜半的森林里
车子颠簸着前进，
戛然一声车轮脱了轴，
我们停住了，这很不开心。

驿夫下车跑到村里去，
在夜半我独自一人
停留在树林子里，
四围一片嗥叫的声音。

这都是狼，嗥叫这样粗犷，
声音里充满了饥饿。
像是黑暗里的灯光，
火红的眼睛闪闪烁烁。

一定是听到我的来临，
这些野兽对我表示敬意，
它们把这座树林照明，
演唱它们的合唱曲。

这是一支小夜曲，
我看到，它们在欢迎我！
我立即摆好姿势，
用深受感动的态度演说：

"狼弟兄们，我很幸福，
今天停留在你们中间，
满怀热爱对我嗥叫，
有这么多高贵的伙伴。

"我这一瞬间感到的，
真是无法衡量；
啊，这个美好的时刻，
我是永远难忘。

"我感谢你们的信任 ——
你们对我表示尊敬，
这信任在每个考验时刻

都有真凭实据可以证明。


"狼弟兄们，你们不怀疑我，
你们不受坏蛋们的蒙骗，
他们向你们述说，
我已叛变到狗的一边。


"说我背叛了，不久就要当
羊栏里的枢密顾问 ——
去反驳这样的诽谤，
完全对我的尊严有损。


"我为了自身取暖，
有时也身披羊裘，
请相信，我不会到那地步，
热衷于羊的幸福。


"我不是羊，我不是狗，
不是大头鱼和枢密顾问 ——
我永远是一只狼，
我有狼的牙齿狼的心。


"我是一只狼，我也将要
永远嗥叫，跟着狼群 ——

你们信任我，你们要自助，
上帝也就会帮助你们！"

这是我的一段演说，
完全没有预先准备好；
柯尔卜把它改头换面
刊印在奥格斯堡《总汇报》。①

【说明】

这是很重要的一章。海涅流亡在巴黎，经常对两方面作战。他一方面受以普鲁士为首的德国反动势力的迫害，另一方面有些资产阶级自由主义激进派的"革命者"也对他进行攻击。这些资产阶级自由主义激进派的"革命者"往往提出些空洞的口号，不切实际，海涅认为这对于革命事业没有好处，给以批评。因此他们认为海涅是背叛了革命而与敌人妥协，甚至给海涅制造流言，肆意诽谤。作者在这一章里申述了他忠于革命的立场。与一般惯用的比喻相反，作者把狼比做坚定的革命者，不是比做坏人。在夜里，他和这些"狼弟兄"会合，表明了他的态度。读这一章可以参考这篇长诗的《序言》。

--------

① 海涅在巴黎，经常给奥格斯堡的《总汇报》写通讯。柯尔卜（Gustav Kolb, 1798—1865）长期担任《总汇报》的编辑，为了能取得书报检查的通过，他往往任意删改海涅的通讯。

## 第十三章

太阳在帕德博恩上升 [①]，
它的神情十分沮丧。
它实际在干一件讨厌的事 ——
把这愚蠢的地球照亮！

它刚照明了地球的一面，
它就把它的光迅如闪电
送到另一边，与此同时
这一面已经转为黑暗。

石头总为西西弗斯下滚，[②]
达那俄斯女儿们的水笞
总不能把水盛满[③]，
太阳照亮地球，总是徒劳！——

---

[①] 帕德博恩，德国北部威斯特法伦州的一个城市。
[②] 西西弗斯（Sisyphus），希腊传说中科林特的第一个国王，非常狡诈，死后被罚在阴间把一块沉重的大理石从山下搬运到山顶，每逢快到山顶时，那块石头便从山上滚下来。
[③] 达那俄斯（Danaos），古希腊的一个国王，有五十个女儿，除一个女儿外，这些女儿在结婚的第一夜都把她们的丈夫杀死。她们被处罚在阴间永远用一个底下有窟窿的水桶取水。这两个故事通常用以比喻永远不能完成的沉重的工作。

当晨雾已经散开，
我看见在大路旁
曙光中有耶稣的塑像
被钉在十字架上。

我看见你，我可怜的表兄，
每一次我都满怀忧愁，
你这呆子，人类的"救世主"，
你曾要把这世界解救！

高级议会的老爷们，
他们把你虐待摧残。
谁叫你谈论教会和国家
也这样肆无忌惮！

这是你的厄运，在那年代
还没有发明印刷术；
不然关于天上的问题
你也许会写成一本书。

对地上有所讽喻的字句，
检查官会给你删去，
书报检查在爱护你，
免得在十字架上钉死。

啊！只要把你的山上说教
改变为另外一种文词，
你能够不伤害那些善人，
你有足够的才能和神智！

你却把兑换商、银行家
甚至用鞭子赶出了圣殿——
不幸的热狂人，你如今
在十字架上给人以戒鉴！

【说明】

这一章的前三节表达了作者一种消极的悲观思想，对人类
的进步持怀疑态度，这和他对革命事业热烈欢迎，对"更好的
歌"抱有信心，是互相矛盾的。这种矛盾的思想在海涅的作品
里经常有所反映。作者用十字架上的耶稣比喻彻底的革命者在
旧社会里所遭受的难于避免的命运。海涅对于基督教会，尤其
是对于天主教会是深恶痛绝的，但他对于原始的耶稣的形象则
表示尊敬和同情。他虽然在这里用一种嘲讽的口吻把他叫作
"表兄"，叫作"呆子"，但仍然把耶稣说成是穷人的朋友、富人
的敌人，是彻底的革命者。

## 第十四章

潮湿的风，光秃的大地，
车子在泥途中摇荡；
"太阳，你控诉的火焰！"
我的心里这样响，这样唱。

这是那古老民歌的尾韵，
我的保姆常常歌唱——
"太阳，你控诉的火焰！"
它像号角一般鸣响。

歌词里有一个凶手①，
他生活愉快，得意洋洋；
最后发现他在树林里
吊在一棵老柳树上。

凶手的死刑判决书
被钉在柳树的树干；

---

① 这首民歌的歌词全文没有流传下来。内容大意是：少女娥悌里（Ottilie）被凶手杀死，临死时曾喊道："太阳，你控诉的火焰！"后来那凶手被秘密审判的复仇者吊死在一棵树上。这首民歌的两节片断，海涅曾记在他的《回忆录》里。

这是复仇者的密审——
"太阳，你控诉的火焰！"

太阳是有力的控诉者，
它使人给凶手定下罪案。
娥悌里临死时喊道：
"太阳，你控诉的火焰！"

我想起这首歌，也就想起
我的保姆，那慈爱的老人，
我又看见她褐色的脸，
脸上有褶子和皱纹。

她出生在明斯特地区，
她会歌唱，也会讲说
许多阴森森的鬼怪故事，
还有童话和民歌。

我的心是多么跳动，

当老人说到那个王女<sup>①</sup>，

她孤零零独坐荒郊，

把金黄的头发梳理。


她被迫充当牧鹅女

在那里看守鹅群，

傍晚赶着鹅又穿过城门，

她十分悲伤，不能前进。


因为她看见一个马头

突出地钉在城门上，

这是那匹可怜的马，

她骑着它到了异乡。


王女深深地叹息：

"噢，法拉达，你挂在这里！"

马头向着下边叫：

"噢，好苦啊，你走过这里！"

---

① 这是格林兄弟《童话集》中《牧鹅女》的故事。一个王后有一个女儿，嫁给远方的一个王子。王后叫女儿骑一匹能讲话的马去成婚，并由一个侍女护送。马名法拉达。在路上侍女威胁王女，把新娘的衣服骗过来穿在自己身上，冒充王女与王子结婚，并命王女在城外放鹅。她还下令杀死能讲话的法拉达，把马头挂在城门上，但是马头还能讲话。王女从城门走过，她便和马头交谈。最后揭穿了侍女的罪行，王女与王子结婚，将侍女处死。诗中王女与法拉达的对话，和童话中的对话基本上是一致的。

王女深深地叹息：

"要是我的母亲知道！"

马头向着下边叫：

"她的心必定碎了！"


我屏止呼吸倾听，

当老人讲到红胡子的事迹，

她态度更严肃，语气更轻，

讲说我们神秘的皇帝①。


她向我说，他并没有死，

学者们也信以为实，

他隐藏在一座山中，

统率着他的武装战士。


山名叫作基甫怀舍，

山里边有洞府一座；

高高圆顶的大厅里

---

① 红胡子皇帝是德意志民族神圣罗马帝国皇帝腓特烈一世（Friedrich I，约
1123—1190）的别号。他在1152年即皇位，后来参加第三次十字军东征，在小
亚细亚的一条河流里淹死。民间传说，他并没有死，回到了德国，带领他的人马
睡眠在哈尔茨山附近的基甫怀舍的山洞里，将来有一天他还会醒过来。关于海涅
对这传说的看法，参看下两章。

吊灯阴森森地闪烁。

第一座大厅是马厩，
在那里能够看见
几千匹马，装备齐全，
站立在秣槽旁边。

它们都驾了鞍，笼上辔，
可是所有这些马匹，
口也不叫，脚也不踢，
像铁铸的一般静寂。

人们看见第二座大厅里
战士们在枯草堆上睡倒，
几千名战士，满脸胡须，
都是英勇顽强的面貌。

他们从头到脚全副武装，
可是所有这些好汉，
动也不动，转也不转，
他们都躺得稳，睡得酣。

第三座大厅高高堆积着
宝剑、斧钺和标枪，

银制的铠甲，钢制的盔胄，
古代法兰克的火枪。


大炮很少，可是足够
组成一堆战利品。
一面旗帜高高竖起，
它的颜色是黑红金。


皇帝住在第四座大厅，
已经有许多世纪，
他靠着石桌，手托着头，
坐的也是一座石椅。


他的胡子一直拖到地，
红得像熊熊的火焰，
他屡次蹙紧眉头，
有时也眨动双眼。


他是在睡，还是在沉思？
人们不能查看仔细；
可是一旦时机到了，
他就会猛然兴起。


他便握住那面好旗帜，

他呼喊："上马！上马！"
他的武装队伍都醒过来，
从地上跳起，一阵喧哗。


一个个都翻身上马，
马在嘶叫，马蹄杂沓！
他们驰向喧嚣的世界，
吹起行军的喇叭。
他们善于骑马，善于战斗，
他们得到了充足的睡眠。
皇帝执行严厉的审讯，
他要把凶手们惩办——


高贵的少女日耳曼尼亚 [①]，
她鬈发金黄，仪表非凡，
曾受过凶手们的暗害——
"太阳，你控诉的火焰！"


有些凶手坐在城堡里笑，
他们自以为能够藏躲，
他们逃不脱复仇的绞索——
逃不脱红胡子的怒火——

---

① 日耳曼尼亚，是德国的拟人称呼。

老保姆的这些童话，

听着多么可爱，多么甜！

我的迷信的心在欢呼：

"太阳，你控诉的火焰！"


【说明】

　　与前一章的第三节相反，作者在这一章里对太阳作了热情的歌颂。作者代表受迫害的人们的心理和希望，说太阳是"控诉的火焰"，用以象征历史的规律，尽管"凶手们"能暂且猖獗一时，但在昭昭红日下，最后他们必定会受到惩罚，真理和正义得到胜利，受迫害者获得解放。作者回忆他童年时期的一个老保姆，她常常给他讲故事、唱民歌，他终生难忘。这里叙述的老保姆给他说唱的一首民歌、一篇童话、一个传说，都是封建社会的产物，含有唯心论、宿命论思想，尤其是关于红胡子的传说，本来就是德国国粹主义民族主义者的幻想，海涅在下边的两章给以尖锐的讽刺，但是在这章里作者只是用以歌颂"控诉的火焰"的威力。

# 第十五章


一阵细雨淋下来，
冷冰冰像是针尖。
马忧郁地摇着尾巴，
在泥里挣扎，全身流汗。


驿夫吹动他的号角，
我熟悉这古老的角声 ——
"三个骑士骑马出城门！ ①"
我觉得恍如梦境。


我昏昏欲睡，我就睡着了，
看啊！最后我梦见
置身于那座奇异的山中，
在红胡子皇帝身边。


他再也不像一座石像
坐在石桌旁的石椅上；
他的外表并不尊严

---

① 这是一首流行的民歌，见于德国浪漫派诗人阿尔尼姆（Arnim）与布伦塔诺
（Brentano）合编的民歌集《男童的奇异号角》里。

像人们平日想象的那样。


他蹒跚踱过几座大厅,
东拉西扯和我亲切交谈。
他像一个古董收藏家
把珍品和宝物指给我看。


在武器厅里他向我说明,
人们怎样使用棍棒,
他还把几支剑上的锈
用他的银鼠皮擦光。


他拿来一把孔雀羽扇,
给一些铠甲、一些盔胄,
还给一些尖顶盔,
掸去了上边的尘土。


他同样掸掉旗上的灰尘,
他说:"我最大的骄傲是 ——
还没有蠹鱼咬烂旗绸,
旗柄也没有被虫蛀蚀。"


当我们来到那座大厅,
几千名战士装备整齐,

都睡倒在那里的地上，
老人说起话来，满心欢喜：

"我们要轻轻地说话走路，
我们不要惊醒这些人；
一百年的岁月又过去了，
今天正是发饷的时辰。"

看啊！皇帝轻悄悄地
走近那些熟睡的兵士，
在他们每个人的衣袋里
偷偷地掖进一块金币。

我惊异地望着他，
他这么说，面带微笑：
"我发给每个人一块金币
作为一个世纪的酬劳。"

马在养马的大厅里
排成长长的静默的行列，
皇帝搓着自己的手，
好像是特别喜悦。

他数着马匹，一匹又一匹，

拍打着它们的肋部；
他数了又数，他嘴唇颤动
以令人可怕的速度。

"这些马还不够用，"
他最后懊丧地说道 ——
"兵士和武器都已充足，
但马匹还是缺少。

"我派遣出许多马贩子
到全世界四面八方，
他们为我选购良马，
已经有相当大的数量。

"等到马的数目齐全，
我就开战，解放我的祖国
和我的德国的人民，
人民忠诚地期待着我。"

皇帝这样说，我却叫道：
"开战吧，你这老伙计，
开战吧，马匹如果不够，
就用驴子来代替。"

红胡子微笑着回答：
"开战完全不要着急，
罗马不是一天筑成，
好东西都需要时日。

"今天不来，明天一定来到，
栎树都是慢慢地生长，
罗马帝国有一句谚语：
谁走得慢，就走得稳当。①"


【说明】

　　第十五、十六两章的内容都是在梦中跟红胡子皇帝的对话。第十四章里所写的红胡子皇帝，由于出自老保姆的口述，在儿童的心中成为有威望的人物，几座大厅的气氛也是严肃的。但是在第十五章以后就完全不同了，长期以来，德国国粹主义的民族主义者希望所谓古代日尔曼精神的再现，把长期睡眠的红胡子皇帝一日将要觉醒作为祖国复兴的象征。海涅认为这是违反历史规律的。所以在这里红胡子再也不是审讯"凶手们"、拯救日尔曼尼亚的皇帝，而成为卖弄古董的可笑的角色了。他口头上说的解放祖国和德国人民，是永远不会实现的。

---

① 这句谚语，原诗中用的是意大利文：Chi va piano, va sano.

# 第十六章

车子的震荡把我惊醒，
可是眼皮立即又合拢，
我昏昏沉沉地入睡，
又做起红胡子的梦。

我跟他信口攀谈，
走遍有回声的大厅，
他问我这，问我那，
渴望我说给他听。

自从许多年，许多年，
也许是从七年战争，
关于人世间的消息，
他不曾听到一点风声。

他问到摩西·门德尔松①，
问到卡尔新②，还很关心

---

① 摩西·门德尔松（Moses Mendelssohn, 1729—1786），德国启蒙时期的哲学家。
② 卡尔新（Anna Louisa Karschin, 1722—1791），德国女诗人。

问到路易十五的情妇，
杜巴侣伯爵夫人[①]。

我说："啊皇帝，你多么落后！
摩西和他的利百加
已经死了许久，他的儿子
亚伯拉罕也长埋地下。

"亚伯拉罕和列亚产生了
名叫费利克斯的小宝贝，
他在基督教会飞黄腾达，
已经是乐队总指挥[②]。

"老卡尔新也同样去世，
女儿克伦克[③]也已死去，
我想，现在还在人间的

---

① 杜巴侣伯爵夫人（Comtesse du Barry，现通译为杜巴丽夫人，1743—1793），法王路易十五的情妇。1774年路易十五死后，退出宫廷。法国大革命期间，罗伯斯庇尔下令将她逮捕，在断头台上处死。

② 摩西·门德尔松的妻子本不叫利百加，《圣经·旧约》中，摩西的妻子叫利百加，所以海涅把门德尔松的妻子也称为利百加。门德尔松的第二个儿子叫亚伯拉罕，亚伯拉罕的妻子叫列亚。亚伯拉罕·门德尔松的儿子是音乐家费利克斯·门德尔松·巴托第（Felix Mendelssohn Bartholdy，1809—1847）。

③ 克伦克（Caroline Louise von Klencke，1754—1812），卡尔新的女儿，女作家，写戏剧和诗歌。

是孙女维廉娜·赤西[①]。


"在路易十五统治时期，
杜巴侣活得快乐而放荡，
她已经变得衰老，
当她命丧在规罗亭[②]上。


"那国王路易十五
在他的床上平安死去，
路易十六却上了规罗亭，
跟王后安托瓦内特在一起[③]。


"王后完全合乎她的身份，
表现出很大的勇气，
杜巴侣却大哭大喊，
当她在规罗亭上处死。"——


皇帝忽然停住脚步，

---

① 维廉娜·赤西（Helmina von Chézy, 1783—1856），克伦克的女儿，也是女
作家，写小说诗歌，与海涅相识。
② 规罗亭就是断头台，因系医生规罗亭（Joseph-Ignace Guillotin, 1738—
1814）所发明，故得名。
③ 在法国大革命期间，法国国王路易十六和王后安托瓦内特都被判死刑，于
1793 年先后在断头台上被处死。

他对着我瞠目而视,
他说:"我的老天啊,
什么是规罗亭上处死?"

我解释说:"规罗亭上处死,
是新的方法一种,
不管是什么阶层的人,
都能把他的生命断送。

人们为了这种方法
制造一种新的机器,
这是规罗亭先生的发明,
机器名称就用他的名字。

你被捆在一块木板上;——
木板下沉;——你迅速被推入
两根柱子的中间;——
上面吊着一把三角斧;——

绳索一拉,斧子落下来,
这真是快乐而爽利;
在这时刻你的头颅
掉落在一个口袋里。"

皇帝打断了我的话：
"你住嘴，关于你说的机器，
我真是不愿意听，
我起誓不使用这种东西！

尊严的国王和王后！
在一块木板上捆起！
这真是极大的不敬，
违背一切的礼仪！

这样亲昵地用'你'称呼我，
你是什么人，竟如此大胆？
你这小子，等着吧，我将要
把你狂妄的翅膀折断！

当我听你这样说，
怒火在深心里燃烧，
你一呼一吸已经是
叛国罪和大逆不道！"

老人向我咆哮，既无节制，
也不容情，这样愤慨激昂，
这时我也爆发出来
我的最隐秘的思想。

"红胡子先生，"——我大声喊叫——
"你是一个古老的神异，
你去睡你的吧，没有你
我们也将要解救自己。

共和国人会讥笑我们，
他们若看见我们的首领
是个执权杖戴王冠的鬼魂；
他们会发出刻薄的嘲讽。

我再也不喜欢你的旗帜，
我对黑红金三色的喜爱，
已经被当年学生社团里
老德意志的呆子们败坏 ①。

在这古老的基甫怀舍，
你最好永远待在这里——
我若是把事物仔细思量，
我们根本用不着皇帝。"

---

① 学生社团，是从反拿破仑战争时期起，德国大学生普遍组成的一些团体，第十章说明中提到的威斯特法伦社团也属于这一类。这些社团的政治倾向是各种各样的，有的从爱国主义演变为狭隘的民族主义，幻想中世纪封建王朝的再现。

这一章是前一章的继续，在对话中更显示出红胡子是过去中世纪封建帝王的幽灵，他不可能再起任何作用。他对于18世纪末期发生的重大的政治变革一无所知，他的知识只停留在普鲁士王腓特烈二世发动的七年战争（1756—1763）时期。他对于许多新事物不能理解，更不用说法国资产阶级革命期间把国王和王后送上断头台那样在他看来是大逆不道的事了。作者对他讲说送上断头台的程序时，态度非常冷静，而他则怒火如焚，不能忍受。两人的谈话越说分歧越大，最后作者说出他的主要思想："没有你我们也将要解救自己""根本用不着皇帝"。

# 第十七章

我在梦里跟皇帝争吵，
当然只能是在梦里 ——
在清醒状态中我们不能
跟王侯们谈话这样无礼。

只有梦，在理想的梦境，
德国人对他们才敢

说出在忠实的心里
深藏的德国人的意见。


车子驶过一座树林，
我醒过来，看到路旁的树，
看到赤裸裸枯燥的现实，
我的梦境都被驱除。


栎树严肃地摇摆头顶，
白桦和白桦的树枝
点着头向我警告 —— 我说：
"饶恕我，我高贵的皇帝！


红胡子，饶恕我急不择言！
我知道，你比我更为明智，
我是这样缺少耐性 ——
可是快点来吧，我的皇帝！


你若觉得规罗亭不如意，
那就还用老的方式：
用剑杀贵族，用绳把市民
和穿粗布衣的农民绞死。


但有时也可以调换，

用绳索吊死贵族，

砍一砍市民和农民的头，

我们本都是神的创造物。


查理五世的刑事法庭 ①，

你把它重新建立，

你再把人民划分

按照行会、行帮和等级。


古老的神圣罗马帝国 ②，

你重新恢复它的全体，

给回我们最腐朽的废物，

连同它那一切的把戏。


不管怎样，中世纪在过去

曾真实存在，我甘心容忍 ——

只要你把我们解救

脱离半阴半阳的两性人，


脱离那冒牌的骑士队伍 ③，

---

① 神圣罗马帝国的皇帝查理五世在 1532 年颁布刑事法规，是德国的第一部法典。

② 德意志民族的神圣罗马帝国，建立于 962 年，到了 17 世纪已名存实亡，逐渐
解体，1806 年宣告结束。

③ 指普鲁士。

这个混合物令人作呕，
中古的妄想与现代的骗局，
它不是鱼，也不是肉。

赶走那帮流氓小丑，
把那些戏园子都关闭，
他们在那里效仿远古 ——
你快点来吧，啊皇帝！"


【说明】

作者从梦中又回到德国的现实。德国反动的统治者把中世纪理想化，用以麻痹人民，实行复古。有些民族主义者和浪漫派诗人与之相配合，美化中世纪的封建社会，希望中世纪的帝王骑士们重新出来表演。作者认为，中世纪曾经是历史上真实的存在，这是可以容忍的，但是"中古的妄想与现代的骗局"的混合物，这种半阴半阳的两性人似的怪现象，是难以容忍的。诗里一再向红胡子说，"你快点来吧"，并不是希望他真的再来，而是盼望赶快脱离这不合理的现实。在前两章对红胡子嘲讽和鄙视之后，作者这样说，更足以表明他对当前反动势力的憎恨。

# 第十八章

明登是一座坚固的城堡，
有优良的防御和武器！
可是跟普鲁士的堡垒
我不愿有任何关系。

在晚间我到达这里。
吊桥板这样可怕地呻吟，
当我们的车从桥上驶过；
阴暗的壕沟要张嘴吞人。

高高的棱堡凝视着我，
这样威胁，这样恼怒；
宽大的城门哗喇喇打开，
随后又哗喇喇地关住。

啊！我的灵魂变得忧郁，
像是奥德修斯的灵魂①，

---

① 奥德修斯（Odysseus），希腊神话中的英雄，被独眼巨人波吕斐摩斯（Poly-
phemus）用石头堵闭在山洞里。奥德修斯自称"乌有"，把喝醉了酒的巨人的独眼
刺瞎，得以脱逃。

当他听到波吕斐摩斯
推岩石堵住了洞门。

一个小军官走到车旁，
来查问我们的名姓。
"我叫作'乌有'，是眼科医生，
给巨人们拔除白内障病。"

在旅馆里我的情绪更坏，
饭菜我觉得索然无味，
我立即去睡，可是睡不着，
身上压着沉重的厚被。

是一套宽大的羽毛被褥，
床帐用的是红色绫缎，
金黄的帐顶褪了颜色，
还挂着肮脏的帐穗一串。

该诅咒的穗子！一整夜
剥夺我可爱的安眠！
它威胁着悬在我的头上

像达摩克利斯的宝剑 ①。


屡次好像有一个蛇头，
我听它暗地里嘶叫：
"你现在永远陷身堡垒，
你再也不能逃掉！"


"啊，但愿我，"——我叹息说——
"但愿我是在家里，
在巴黎的鱼市郊区 ②
跟我的爱妻在一起！"


我觉得屡次也有些东西
抚摩着我的前额，
有如检查官冷酷的手
使我的思想退缩——


宪兵们，全身裹着尸布，
乱糟糟一群白衣的鬼魂
包围了我的床，我也听到

---

① 公元前 4 世纪，西西里岛上的暴君狄奥尼修斯（Dionysius）召宴佞臣达摩克利斯（Damokles），在他头上用马尾悬挂一把锋利的宝剑。所谓"达摩克利斯的宝剑"已成为谚语，意指幸福中永远有危险威胁着。
② 巴黎的鱼市区，海涅于 1841 年至 1846 年住在这里。

阴森森镣铐的声音。

啊！鬼魂们把我拽走，
最后他们把我拽到
一座陡峭的岩壁，
在岩壁上他们把我捆牢。

罪恶的肮脏的帐顶穗子！
我又同样看见它在动摇，
可是它这时像一只秃鹫，
有利爪和黑色的羽毛。

它这时像普鲁士的鹰，
它抓牢了我的身体，
从我的胸怀里啄食肝脏，
我又呻吟又哀泣。

我哀泣许久 —— 鸡叫了，
这场噩梦也就消退。
在明登汗水湿透的床上，
老鹰又变成了帐穗。

坐着特快驿车继续旅行，

我在毕克堡<sup>①</sup>的土地上，

在外边自由的大自然里，

呼吸才感到自由舒畅。


**【说明】**

明登（Minden）在威斯特法伦省，有古老的城堡，作者在这里住了一夜。作者说，他不愿意跟普鲁士的堡垒发生任何关系，这就是说，不要被普鲁士政府所拘禁。但是他一走进明登，便觉得好像被拘禁在一座堡垒里了。他做了一夜噩梦，梦见普鲁士的宪兵把他拽走，捆在岩石的峭壁上，一任普鲁士的鹰啄食他的肝脏。这是借用希腊神话中因盗取天火送给人间而被宙斯惩罚的普罗米修斯（Prometheus）所遭受的苦难，暗指有革命思想的人在反动势力下所受的迫害。帐顶上垂下来的肮脏的穗子，时而像是头上的一把宝剑，时而像是一条蛇，时而像是书报检查官的手，时而又像是普鲁士国徽上的鹰，被作者写成是这场噩梦的导引线。

---

① 毕克堡，当时的一个小公国。

# 第十九章

噢，丹东，你犯了大错误，
你必须为这错误受罚！
人们能带走他的祖国
在脚上，在鞋底下。①

半个毕克堡公国的领土
都在我的靴子上黏住；
我生平还从未见过
这样发黏的道路。

我在毕克堡城一度下车，
为了看一看祖先的故乡，
我的祖父在那里出生，
祖母却是在汉堡生长。

中午我到达汉诺威②，
我叫人把我的靴子擦净。

---

① 丹东（Georges Jacques Danton, 1759—1794），法国资产阶级革命时期的政治家，属于雅各宾派右翼，后被罗伯斯庇尔处死。当有人劝他逃亡时，他说，人们不能把祖国系在鞋底上带走。
② 汉诺威，当时是一个王国，首都也叫汉诺威。

我立即出去观看市容，
我要充分利用这次旅行。


我的上帝！这里真是清洁！
街巷里没有粪便。
我看见许多华丽的建筑，
一大片令人惊叹。


我特别喜欢一个大广场，
四周围是堂皇的屋宇；
那儿住着国王，他的王宫，
外表是十分美丽。


（就是这王宫）——在正门前
二边有一个卫兵岗，
红军服扛着火枪在守卫，
既威风凛凛，又是粗犷。


我的向导说："这里住着
托利党老领袖，是个贵族，
虽然老了，却身强力壮，

名叫恩斯特·奥古斯图[①]。

他住在这里，幽静而安全，
我们许多亲爱的相识
都小心翼翼地保护他，
胜过一切的卫士。

我有时看见他，他就诉苦，
这职位是多么无聊乏味，
如今他为了这个王位
在汉诺威这里受罪。

他惯于大不列颠的生活，
这里他觉得太狭窄太闷，
忧郁折磨他，他几乎担心
有朝一日他会悬梁自尽。

前天早晨我看见他，
他悲哀地蜷曲在壁炉旁；
他亲自给他的病狗
煮一服洗肠子的药汤。"

---

① 恩斯特·奥古斯图（Ernst Augustus, 1771—1851），英王乔治三世的儿子，是英国托利党（即后来的保守党）领袖，从 1837 年充当汉诺威国王。由于王位的关系，从 1714 年至 19 世纪中叶，汉诺威曾与英国联合。

【说明】

在第十五、十六章里作者在梦中对于国粹主义的民族主义者美化的红胡子皇帝进行了尖锐的讽刺。这一章则通过一个向导的口述让读者知道，一个现实的国王过着怎样一种渺小而可怜的生活。国王住在外表华丽的王官里，但内心十分空虚，生活非常无聊。这是一个没落的、行将灭亡的统治者的写照。这篇长诗印成单行本时，汉堡的书报检查官把这一章从第五节至最后一节都删去了。

## 第二十章

从哈尔堡乘车到汉堡 [①]
走了一小时。已经是晚间。
天上的星辰向我致意，
空气温和而新鲜。

当我走到我的母亲面前，
她快乐得几乎大吃一惊；

---

① 哈尔堡（Harburg），在汉堡附近。汉堡是作者这次旅行最后的目的地。

"我的亲爱的孩子！"
她拍着双手发出喊声。

"我亲爱的孩子，这中间
大约有十三年过去！
你一定肚子很饿了，
告诉我，你要吃什么东西？

我有鱼还有鹅肉，
也有甜美的橘子。"
"就给我鱼和鹅肉，
也给我甜美的橘子。"

我吃饭时胃口很好，
母亲是幸福而欢喜，
她问我这个，问我那个，
也有些难以回答的问题。

"我亲爱的孩子！你在外国，
可也有人小心照料你？
你的妻子可会操持家务，
给你织补袜子和衬衣？"

"鱼很好吃，亲爱的妈妈，

可是吃鱼时不要说话，
鱼刺容易扎在嗓子里，
这时你不要打扰我吧。"

当我把好吃的鱼吃完，
端上来了鹅肉一份。
母亲又是问这个，问那个，
也有些难以回答的发问。

"我亲爱的孩子！在哪一国
能够生活得最好最美？
德国还是法国？哪个民族
在你心中占优越的地位？"

"德国的鹅肉做得不错，
亲爱的妈妈，可是在法国
他们有更好的香料汁，
他们比我们更会填鹅。"

当鹅肉正在告辞，
橘子又出来款待，
味道是这样甜美，
完全是出乎意外。

但是母亲又开始

很快乐地提出问题，

问到千百件事物，

甚至问到很麻烦的事体。


"我亲爱的孩子！你怎么想？

你是否还总是由于偏爱

搞政治活动？你怀着信念

隶属于哪个党派？"


"这些橘子都很好，

亲爱的妈妈，我真欢喜，

我吞食它甜美的浆汁，

却抛弃它的外皮。"


【说明】

　　这一章和第九章相似，作者以轻佻的语气描绘他和他母亲的会面。十三年不见，一旦重逢，母亲由于对儿子的关心，问这问那，但都不是一言两语所能回答的问题。作者都用答非所问的方法来支吾敷衍。最后在回答"隶属于哪个党派"时，他的回答有较深的涵义，说他不属于任何党派，在当时进步的党派中，他只吸取其正确的方面，摒弃不正确的方面。

# 第二十一章


这座城，大火烧去了一半，
又渐渐地重新修建；
汉堡像一个鬈毛狗
剪去半身毛，十分凄惨。


有些街巷全部消失，
我真是不胜惋惜 ——
我第一次吻我爱人的
那座房屋又在哪里？


哪里是那印刷所，
那儿印过我的《旅行记》？
哪里是牡蛎酒馆，
那儿我吃过新鲜的牡蛎？


德累克瓦尔街，哪里去了 ① ?
这条街我难以找寻！
哪里是那座园亭，

---

① 德累克瓦尔，汉堡街名，当时许多犹太人在那里居住，重建后改名为旧瓦
尔街。

那儿我吃过多样的点心?

哪里是市政厅，在那儿
元老院 [①] 和议会发号施令?
都毁于火焰! 火焰也不曾
饶恕最崇高的神圣。

人们还为了恐惧叹息，
他们都面容忧戚，
向我述说这一场
大火灾可怕的历史:

"人们只看见浓烟和火焰，
四面八方都同时燃烧!
教堂的塔顶也烈火熊熊，
随后轰然一声塌倒。

"古老的交易所也烧毁了，
我们的祖辈在那儿出入，
他们几百年互相交往，
做买卖尽可能以诚相处。

---

① 元老院，是汉堡的最高行政机构。

"银行，这座城的银灵魂，
它的账簿里一一记载
每个人的银行币值，
感谢上帝！这都没有遭灾！

"感谢上帝！人们为此募捐
甚至向最辽远的民族 ——
一笔好生意 —— 捐款总计
大约有八百万的数目。

"（救助金保管人是真正的
基督教徒和善男信女 ——
他们左手从来不知道
有多少是右手拿去。）①

"钱从一切的国家
流入我们张开的手里，
我们也接受食物，
不拒绝任何施予。

"人们送来面包、肉和汤，
足够的衣服和床被！

---

① 这一节在发表时删去，是根据手稿补上的。

普鲁士国王甚至要
给我们派来他的军队 [①]。

"物质的损失得到补偿,
这方面并不难估计 ——
可是我们的恐惧心情
是谁也不能代替!"

我鼓励着说:"亲爱的人们,
你们不要哀泣,不要哭号,
特洛亚是个更好的城,
也遭到烈火的焚烧 [②]。

重新建筑你们的房屋,
淘干你们的污水坑,
你们制定更好的法律,
置办更好的灭火筒。

不要过多把卡晏胡椒粉

---

① 大火灾后,普鲁士国王曾派来军队,以协助维持秩序为名,扩大普鲁士的势力。
② 特洛亚,小亚细亚西北角的一个城市,在特洛亚战争(公元前1194—公元前1184)中被希腊人攻破后焚烧。

撒入你们假的鼋鱼汤 ①，

你们煮鲤鱼这样油腻，

不去鱼鳞，这也不健康。


火鸡对你们害处不多，

可是要提防那种诡计，

有一只鸟把它的卵

下在市长的假发里。②


谁是这只讨厌的鸟，

我用不着向你们说明——

我一想到它，我吃的东西

就在我的胃里翻腾。"


【说明】

　　从这一章起，直到第二十六章，说的都是汉堡，形成长诗最后的组成部分。如果说，在前二十章里，作者讽刺和攻击的对象主要是以普鲁士为代表的封建统治下的种种社会现象，那么以后的几章里，作者在汉堡所遇到的，则是资产阶级的庸俗社会。汉堡是一个自由城，资本主义比较发达，当时它也没有参加以普鲁士为首的关税同盟（它是直到 1888 年才参加的），海涅和汉

---

①　卡晏是拉丁美洲法属圭亚那的首府，产胡椒。假鼋鱼汤系用牛犊的头制成。

②　这鸟指的是普鲁士国徽上的鹰。普鲁士曾企图使汉堡加入关税同盟。

堡有较为密切的关系，他的叔父所罗门·海涅（Salomon Heine,
1767—1844）住在这里。所罗门·海涅是银行家，对海涅有过
长期的经济资助。海涅在青年时期（1816—1818）在这里住过，
此后还经常来到这里。汉堡在 1842 年 5 月经过一场大火灾，作
者在这一章里描述了汉堡市民在火灾后的恐惧心理和不安情绪，
也揭发了一些伪善者借着募捐谋利，中饱自己的私囊，并提出警
告，要提防普鲁士在汉堡困难时期施展阴谋。

## 第二十二章

比这座城变化更多的，
我觉得是这里的人，
他们像走动着的废墟，
心情忧郁，意气消沉。

如今那些瘦子更瘦了，
胖子有了更肥的躯体，
孩子们都长大了，大部分
老年人变得有孩子气。

我离开时有些人是小犊，
如今再见已成为壮牛；
有些小鹅变成了蠢鹅，
还自负她们的羽毛娟秀。

老顾德尔① 涂脂抹粉，
打扮得像个勾魂鸟；②
戴上了乌黑的假鬘发，
白牙齿发光闪照。

最善于保养的是
我的朋友，那个纸商；③
外表像施洗礼的约翰，
头发变黄了，披在头上。

我只从远处看见某某，④
他急速溜过我的身边；
我听说，他的灵魂烧掉了，

---

① 顾德尔（Gudel），当时汉堡的一个妓女。
② 勾魂鸟，希腊神话中的女妖，名西勒内（Sirene），女人的面貌，鸟的身体，
在海岛上用歌声诱引航海者，吸吮人的血液。
③ 纸商名米哈艾里斯（Eduard Michaelis，1771—1847），在法军占领汉堡时期，
他为地方做过一些工作，海涅对他有好感。
④ 某某，指海涅叔父的女婿哈雷。

他在比伯尔公司保过险。①

我又看见我的老检查官②，
在浓雾中，他弯着腰，
在鹅市场上碰到我，
他好像非常潦倒。

我们彼此握一握手，
他眼里浮动着一颗泪珠。
又看见我，他多么高兴！
这是感人的一幕。——

我不是人人都看到，
有些人已经死去，
啊！甚至我的龚佩里诺③
我们再也不能相遇。

伟大的灵魂刚刚脱离了
这个高贵的人的躯体，
他翱翔在耶和华宝座旁

---

① 比伯尔保险公司在大火灾后宣告破产。

② 老检查官霍夫曼（Friedrich Lorenz Hoffmann, 1790—1871）在 1822 年至 1848 年间在汉堡任书报检察官。

③ 龚佩里诺，指海涅叔父的朋友、银行家龚佩尔，他在海涅在汉堡时死去。

成为光辉的颂神天使。


我到处寻找不到

那伛偻的阿多尼斯①，

他在汉堡的街巷兜售

瓷制的夜壶和茶具。


(小麦耶尔②是否还活着，

我实在不能说清，

我没看见他，我却又忘记

在柯耐特③那里打听。)④


萨拉斯⑤，那忠诚的鬈毛狗，

也死了，这个损失真大!

我敢说，康培宁愿为它

失去了六十个作家——


有史以来，汉堡的居民

---

① 伛偻的阿多尼斯，指在汉堡沿街兜揽生意的一个小贩，他形貌丑陋，作者用
希腊神话中的美少年阿多尼斯称呼他。

② 小麦耶尔（1788—1859），汉堡作家兼戏剧评论家。

③ 柯耐特（1794—1860），歌唱家，于1841年至1847年间任汉堡剧院经理。

④ 这一节在发表时删去，是根据手稿补上的。

⑤ 萨拉斯是汉堡出版家尤利乌斯·康培（Julius Campe，1792—1867）心爱的猎
犬。海涅的著作绝大部分都是由康培出版的。

就由犹太人、基督徒构成：
就是那些基督教徒
也常常吝于赠送。

基督教徒都相当好，
他们的午餐也不错，
他们支付票据都准时，
最后的期限决不超过。

犹太人又分裂为
两个不同的党派，
老一派去犹太教堂，
新一派在庙里膜拜①。

新派的人吃猪肉，
他们都善于反抗，
他们是民主主义者；
老派却更有贵族相。

我爱旧派，我也爱新派——
我却凭永恒之神声明，

---

① 从1816年起，汉堡的犹太人分为两派，海涅曾长期倾向新的改革派。

我更爱某些鱼儿，
熏鲱是它们的名称。

【说明】

这一章叙述汉堡的人的变化，作者形容汉堡大火后的市民
好像是"走动着的废墟"。但作者仅就他过去在汉堡认识的一
些人从表面上来看人的变化，有的死了，有的老了，有的变得
更可怜、更可笑了，范围比较狭窄，没有涉及时代的变化，这
章与第九章、第二十章都有类似的缺点，其中的讽刺没有深的
含义，有时甚至流于油滑。

第二十三章

作为共和国，汉堡从不曾
像威尼斯、佛罗伦萨那样大，
可是汉堡有更好的牡蛎；

烹调最美，是罗伦茨酒家。①

是一个美丽的傍晚，
我和康培走到那里，
我们要共同饱尝
莱茵美酒和牡蛎。

那里也遇到良朋好友，
一些旧伙伴，例如舒菲皮②，
我又高兴地看到；
也还有一些新兄弟。

那是威勒③，他的脸
是个纪念册，在纪念册里
大学里的敌人们用剑痕
清清楚楚地签了名字。

---

① 意大利的威尼斯和佛罗伦萨，都是在中世纪封建时代成立的城市共和国；汉堡也是个自由城，与意大利城市共和国性质相近。罗伦茨酒家，是汉堡当时著名的饭馆。
② 舒菲皮（Hermann de Chaufepié, 1801—1856），汉堡的医生。
③ 威勒（François Wille, 1811—1896），一种文学杂志的编辑，面上带有在大学时与人比剑留下的伤痕。

那是福克斯①，是热狂的
异教徒，耶和华的私敌，
他只信仰黑格尔，还信仰
卡诺瓦雕刻的维纳斯②。

康培欢欢喜喜地微笑，
他是慷慨的东道主③，
他的眼睛放射着幸福
像一个光辉的圣母。

我吃着喝着，胃口很好，
我在我的心里思忖：
"康培是出版界的精华，
他真是一个伟大的人。

"要是另一个出版商，

---

① 福克斯（Friedrich August Fucks，1812—1856），在汉堡当过教师，研究哲学，思想激进。
② 卡诺瓦（Antonio Canora，1757—1822），意大利雕刻家，雕有爱神维纳斯像。
③ "慷慨的东道主"，原文是安菲特里我（Amphitryo），莫里哀喜剧《安菲特里昂》中的主人公，是个慷慨好义的主人。从1826年起，一直到海涅逝世，海涅的著作都是由尤利乌斯·康培印行。海涅与康培之间，关于稿费、书报检查、删改、装订等问题，有过不少纷争。但是海涅和康培总是保持较好的关系，因为海涅认为，别的出版商会比康培坏得多，而且康培具有专长，善于发行禁书，从1835年起，海涅的著作，在德国各邦是被禁止的。

也许会让我活活饿死，
但是他甚至请我喝酒；
我永远不把他抛弃。

"我感谢天上的创世主，
他创造了葡萄酒浆，
还让尤利乌斯·康培
成为我的出版商。

"我感谢天上的创世主，
通过他伟大的'要有'
海里他创造了牡蛎，
地上创造了葡萄酒！

"他也让柠檬生长，
用柠檬汁浸润牡蛎 ——
主啊，于是让我在这夜里
好好消化吃下的东西！"

莱茵酒引起我的温情，
解脱我胸中的任何困扰，
它在我的胸怀里
又燃起人间爱的需要。

它驱使我走出房屋，
我在街上绕来绕去；
我的灵魂寻找一个灵魂，
窥伺温存的白衣妇女。

在这些瞬间我不能自主，
为了渴望，为了烦闷；
我觉得猫儿都是灰色的，
女人们都是海伦①——

当我来到得勒班街②，
我在闪烁的月光里
看见一个庄严的女人，
一个胸膛隆起的妇女。

她的圆面庞十分健康，
土耳其蓝玉像她的双瞳，
面颊像玫瑰，嘴像樱桃，
鼻子也有些微红。

头上戴着白亚麻的小帽，

① 海伦，古希腊美女。海涅在这里是模拟歌德《浮士德》第一部《魔女之厨》
中的最后两行诗："只要你一把这种药汤吞饮，任何女子你都要看成海伦。"
② 得勒班街是汉堡的一条街，那里麇集着妓女。

浆洗得硬挺而净洁,
叠褶得像一顶城徽冠冕,
有小城楼和齿形的城堞①。

她穿着罗马式的白上衣,
一直下垂到小腿肚,
多么美的腿肚啊! 两只脚
像两根多利式的脚柱②。

那些最世俗的天性,
能够从面貌上看出;
可是一种更高的本质
从超乎常人的臀部流露。

她走近我对我说:
"十三年的别离以后,
在易北河边欢迎你 ——
我看, 你还是依然如旧!

"在这个美好的地方,
你也许在寻找那些美女,

---

① 指汉堡城徽的图形。
② 多利式是古希腊多利族人的建筑风格, 石柱简单朴素。

她们常常与你相逢，
热狂地和你通宵欢聚。


"生活，多头蛇的怪物 ①，
已经把她们吞咽；
你不能再看见往日
和往日的那些女伴！


"被青春的心神化了的
娇美的花朵，你不能再见；
花朵曾经在这里盛开 ——
如今枯萎了，被狂风吹散。


"枯萎、吹散，甚至践踏
在粗暴的命运的脚底 ——
我的朋友，这是世界上
一切美好事物的遭遇。"


我喊道："你是谁？你望着我
像往日的一个梦境 ——
你住在哪儿，高大的妇女？
我可否伴你同行？"

---

① 希腊神话中的长着九个头的怪蛇。原文是"百头的怪蛇"。

240

那女人微笑着说：
"你错了，我是一个温文、
正派、有德行的淑女，
你错了，我不是那样的人。

"我不是那样的一个姑娘，
那样南方的罗勒特女人 [①]——
要知道：我是汉莫尼亚，
是汉堡的守护女神！

"你一向是勇敢的歌手，
你却惊呆，甚至恐怖！
你现在还要伴我同行吗？
好吧，你就不要踌躇。"

但是我大笑着喊道：
"我立即跟着你去 ——
你走在前，我跟在后，
哪怕是走入地狱！"

---

① 罗勒特女人指法国的妓女。罗勒特（Lorette），巴黎地名。

【说明】

这一章的前半章叙述作者和他的出版商康培的关系，对康培表示感谢；后半章记载作者和汉堡守护女神汉莫尼亚（Hammonia）的相遇。作者创造了汉莫尼亚这个形象，是用她来代表汉堡资产阶级庸俗的市侩社会，正如红胡子皇帝代表中世纪的封建势力。与有关红胡子皇帝的几章相比，关于汉莫尼亚的几章在结构上也是相似的：在第十四章的后半章，谈到红胡子，随后三章（十五、十六、十七）都是跟那个封建皇帝的争论；这里也是在这一章以后的三章里（二十四、二十五、二十六）开展了与市侩社会的"女神"的对话。

## 第二十四章

我不能说明，我是怎样
走上门洞里狭窄的楼梯；
也许是看不见的精灵们
把我给抬了上去。

在汉莫尼亚的小屋子里，
我的时间过得很迅速，

这女神对我永抱同情，
她这样向我倾诉。

她说："你看，在往日
我最器重那位诗人 ①，
他曾经歌颂救世主，
弹奏他虔诚的诗琴。

如今在柜橱上还摆着
克洛普施托克的半身像，
可是我多年来只把它
当作帽架在那儿安放。

现在你是我宠爱的人，
在床头挂着你的画像；
你看，新鲜的月桂围绕着
这可爱的画像的相框。

只是你对我的儿子们
常常苛责，我必须说清，
这有时太使我伤心；

---

① 指德国诗人克洛普施托克（Friedrich Gottlieb Klopstock，1724—1803），著
有叙事诗《救世主》，他在 1770 年至 1803 年住在汉堡。

这样的事再也不要发生。


但愿时间已经治好
你这种恶劣的作风,
即使对待呆子们
也要有较大的宽容。


告诉我说,你怎么会想起,
在这季节旅行到北方?
你看这样的天气
已经是冬天的景象!"


"噢,我的女神!"——我回答说——
"思想在人心深处睡眠,
它们常常醒过来
在不适当的时间。


我表面上过得相当好,
但内心里却是忧闷,
这忧闷天天增长——
我被乡愁所围困。


一向轻快的法国空气,
渐渐使我感到压抑;

我必须在德国这里
呼吸空气，免于窒息。

我渴望泥炭的气味，
和德国的烟草气息；
我的脚因为焦急而颤动，
要踏上德国的土地。

我夜里叹息，我渴望
能够再看见她们，
那住在堤门旁的老妇[①]，
小绿蒂[②]住在附近。

还有那位高贵的老先生[③]，
他责骂我总是很严厉，
爱护我又总是宽宏大度，
为了他，我也时常叹息。

我要从他口里再听到
那句话'糊涂的年轻人！'
这总是像音乐一般

---

① 老妇指海涅的母亲。

② 小绿蒂指海涅的妹妹夏绿蒂·恩普登。

③ 老先生指海涅的叔父所罗门·海涅。

在我的心里留下余韵。


我渴望一缕青烟[①]
从德国的烟囱里升起,
渴望下撒克逊的夜莺,
渴望山毛榉林的静寂。


我甚至渴望那些地方,
渴望那些受难的地点,
那里我曳着青春十字架,
戴着我荆棘的冠冕[②]。


那里我曾经痛哭流泪,
我要在那儿再哭一场 ——
我相信,人们用热爱祖国
来称呼这痴情的渴望。


我不喜欢这样说;
其实那只是一种宿疾,
我永远怀着害羞的心情,
对众人把我的创伤隐蔽。

———————————
① 荷马《奥德赛》第一章记载,奥德修斯在海上漂流中渴望,只要看到一次炊烟从故乡的山丘上升起,然后再死去。
② 指海涅在青年时期在汉堡所经历的爱情的痛苦。

讨厌的是那些流氓，
他们为了感动人的心肠，
炫耀他们的爱国主义，
用他们所有的脓疮。

那是些卑鄙无耻的乞丐，
他们想望的是布施赈金 ——
施舍一分钱的声望吧，
给门采尔和史瓦本人！

噢，我的女神，你今天
看我有感伤的情绪；
我有些病，我却自加调护，
我不久就会痊愈。

是的，我有病，你能够
使我的灵魂清爽，
用满满的一杯茶；
茶里要掺入甘蔗酒浆 ①。"

---

① 甘蔗酒是用甘蔗酿的一种烧酒，一般掺在茶里喝。

　　作者在这一章里以抒情的语气向汉莫尼亚述说他长期流亡巴黎怀念祖国的心情，但是他声明，这是一种乡愁，是一种病，说不上是什么爱国主义。同时他指出，有些流氓像前边提到过的门采尔和史瓦本诗人之流，他们以爱国主义招摇炫耀，无非是要在社会上骗取不值分文的声望。

# 第二十五章

女神给我煮好了茶，
茶里注入了甘蔗酒；
但她自己却不喝茶，
只单独把蔗酒享受。

她的头靠近我的肩膀，
（城徽冠冕，那顶小帽
因而也有些折损），
她谈话用温柔的语调。

"我时常担惊害怕地想到，

你住在伤风败俗的巴黎，
这样完全无人照管，
在轻佻的法国人那里。

你在那里游荡，在你身边
一个德国出版商也没有，
他忠实地告诫你，引导你，
充当你的良师益友。

那里，诱惑是如此强大，
迷人的风姨 ① 如此众多，
她们有害健康，人们
太容易失去心境的平和。

留在我们这里，不要回去；
这里支配着纪律和道德，
这里就是在我们中间
也盛行一些幽静的娱乐。

留在我们德国，如今这里
比过去更适合你的口味；
我们在进步，这种进步

---

① 风姨，原文是希腊神话中风的女精灵西尔菲德，这里指轻狂漂亮的女子。

你一定亲自有所体会。

书报检查也不再严格，
霍夫曼变得又老又温和，
他不再删削你的《旅行记》
怀着青年人的怒火。

如今你也老了，变得温和，
你将适应于一些事物，
你甚至对于过去
也会用较好的眼光回顾。

是的，说我们过去在德国
过得那样可怕，这是夸张；
人们能用自杀逃脱奴役，
像曾经在古罗马那样。[①]

人民享受思想自由，
自由是为了广大的人群，
只有少数人受到限制，
那是些写书印书的人。

---

① 参看本书第十一章第 10 节。

从不曾有过枉法的专制，
就是最恶劣的煽动犯，
若没有法庭的宣判，
也不褫夺他的公民权。

虽然有种种的时代苦难，
德国并不曾那样坏过 ——
相信我，在德国的牢狱里
不曾有过一个人死于饥饿。

这么多美好的现象
表现出信仰和温情，
都曾经在过去的时代发扬；
如今到处只是怀疑和否定。

实用的、表面的自由
将会有一天把理想消灭，
理想在我们的胸怀里 ——
像百合梦一般的纯洁！

我们美丽的诗也正在消逝，
它有一些已经消亡，
跟着其他的国王死去的

有弗莱利希拉特的摩尔王。①

儿孙将要吃得饱喝得够，
可是难得有沉思的寂静；
乱哄哄上演一场闹剧，
从此结束了牧歌的幽情。

噢，你若是能够保守秘密，
我就把命运书给你打开，
我让你在我的魔镜里，
看一看将来的时代。

我从未向世人宣示的，
我愿意宣示给你：
你的祖国的未来——
啊！只怕你不能保密！

"啊女神！"——我兴奋地喊叫——
"这会是我的最大的欢喜，
让我看到将来的德国——
我坚守信用，保守秘密。

---

① 弗莱利希拉特的诗《摩尔王》叙述一个黑人的首领在战场上失败，被胜利者
卖给白人奴役的故事。

我愿向你立下任何誓言，
无论你要求什么方式，
向你做保守秘密的保证 ——
告我说，我应该怎样发誓！"

可是她回答："向我发誓
用亚伯拉罕的方式去做，
像他叫埃利赛发誓那样，
当埃利赛起程的时刻。①

"掀起我的衣裳，把你的手
放在我这里的大腿下，
向我发誓你永远保守秘密，
无论是写作还是说话！"

一个严肃的瞬间！好像是
远古的微风向我吹拂，
当我按古老的族长习惯
向女神立下誓言的时刻。

我掀起女神的衣裳，

---

① 埃利赛（Elieser）是仆人的名字。

把手放在她的大腿下，

我发誓要永远保密，

无论是写作还是说话。


【说明】

　　在这一章里，代表资产阶级市侩社会的汉莫尼亚表达了她对于时代的看法：对过去的旧制度采取原谅的态度，认为把它说得那样可怕，是过分的夸张；对现代感到满足，因为一切都在"进步"，这"进步"意味着妥协，无论是反动势力或是革命势力都不要各走极端。同时她对于所谓"沉思的寂静"与"牧歌的幽情"的消失，感到不胜惋惜，这种怀旧的惋惜心情是真正进步的障碍，这种看法反映了德国资产阶级的脆弱性和妥协性。在这样的思想指导下，她要叫作者看一看德国的将来。


第二十六章


女神的两颊这样发红，

（我想，她喝下的甘蔗酒

升上了头），她向我说，

她说话的语调十分忧愁。


"我老了，我降生在
汉堡初建的时候，
母亲是大头鱼女王，
在这里的易北河口。


父亲是一个伟大的君主，
名叫卡罗鲁斯·麦努斯[①]，
比普鲁士的腓特烈大王
更为聪明，更有威力。


他登基加冕时坐过的
那把交椅，现在还在亚琛；
他夜里休息的那个椅子，
遗留给善良的母亲。


母亲把椅子又传给我，
这家具外表粗陋，

---

① 卡罗鲁斯·麦努斯，即查理曼大帝，见第三章注。查理曼大帝九世纪初在易
北河畔建立了城堡。

可是洛特希尔① 拿出他的
全部金钱，我也不肯出售。


你看，一把旧椅子
安放在那个角落，
椅背的皮革已经撕开，
坐垫也被蠹虫咬破。


你走去，你从椅子上
掀起来那个坐垫，
你就看见一个圆洞口，
一口锅在圆洞下边 ——


那是一口魔术锅，
种种魔力在锅里沸腾，
把你的头伸入圆洞，
你就看得见将来的情形 ——


这里你看见德国的将来
有如波涛滚滚的幻境，
但不要悚惧，如果有毒气

---

① 洛特希尔（Mayer Amschel Rothschild, 1744—1812），德国大银行家，他的
儿子们在伦敦、巴黎、维也纳都设有分行。洛特希尔家族在 19 世纪完全掌握国
家信贷，有很大的政治影响。

从混沌的锅里上升！"

她边说边笑，笑得很离奇，
但是我并没有被她吓住，
我好奇地跑了过去，
把头向可怕的圆洞伸入。

我看见了什么，我不泄露，
因为我已经宣誓保密，
我几乎说不出来，
啊上帝！我嗅到什么气息！——

我想起那使人作呕的
一开场的乌烟瘴气，
便是满怀厌恶，好像是
烂白菜、臭牛皮煮在一起。

随后升起的那些气味，
它们真是可怕，啊上帝！
好像是有人扫除粪便
从三十六个粪坑里 ①——

① 指德意志联邦的三十六邦。

我领会，从前圣 - 鞠斯特
在公安委员会里说过 ①：
不能用玫瑰油和麝香
治疗人的重病沉疴 ——

可是这德国将来的气息，
超过我的鼻子任何时候
所感受到的一切事物 ——
我不能更长久地忍受 ——

我一阵昏迷不醒，
当我又把眼睛睁开，
我仍然坐在女神的身边，
头靠着她宽阔的胸怀。

她的眼闪光，她的嘴发热，
她鼻孔颤动，她如醉如狂，
把诗人拥抱在怀里，
用粗野可怕的热狂歌唱：

"在屠勒有一个国王，

---

① 圣 - 鞠斯特（Saint-Just，1767—1794），法国资产阶级革命时期的革命家，属于雅各宾派。雅各宾派掌握政权时（1793—1794），公安委员会是最高的行政机构。

他有个视如至宝的酒杯，

每逢他用这酒杯饮酒，

他的眼里就流出泪水。①


"于是他起了一些意图，

这意图几乎难以揣度，

于是他逞才能，发指令，

我的孩子，要把你追捕。


"你不要到北方去，

要提防屠勒国王的迫害，

提防宪兵和警察，

提防全体的历史学派②。


"留在汉堡陪伴我，我爱你，

我们要享受现在，

---

① 此节和以下两节在发表时删去，这是根据手稿补上的，屠勒是北欧传说中最
北方的一个岛国。这三节中的第一节的内容也见于歌德《浮士德》第一部《傍
晚》一场。作者在这里用屠勒国王指普鲁士国王。

② 历史学派，指当时在柏林以萨维尼（Friedrich Carl von Savigny, 1779—
1861）和爱西霍恩（Karl Friedrich Eichhorn, 1781—1854）为代表的法学派
别，这学派与启蒙思想相对抗，被复古的反动势力所欢迎。马克思在《黑格尔法
哲学批判导言》里说："有个学派以昨天的卑鄙行为来为今天的卑鄙行为进行辩
护，……这个法的历史学派本身如果不是德国历史的产物，那它就是杜撰了德国
的历史。"（《马克思恩格斯全集》第 1 卷，第 454 页）

我们喝美酒，吃牡蛎，
忘却那黑暗的将来。

"把盖子盖上！不要让秽气
污染我们欢悦的心 ——
我爱你，像任何一个女子
爱一个德国的诗人！

"我吻你，我感觉到
你的天才使我兴奋，
一种奇异的陶醉
控制着我的灵魂。

"我觉得，我好像听到
守夜的更夫歌唱在街头 ——
那是些祝贺新婚的歌曲，
我的甜蜜的快活朋友！

"如今骑马的仆役也来到，
举着熊熊的火把辉煌，
他们庄严地跳着火把舞，
他们跳着，蹦着，摇摇晃晃。

"来了德高望重的元老院，

来了元老院中的长老！
市长嗽了嗽喉咙，
他要宣读一篇讲演稿。

"穿着光华灿烂的制服
出现了外交官的团体；
他们以邻邦的名义
有所保留地来贺喜。

"犹太僧侣和基督教牧师，
宗教界的代表都来到 ——
可是啊，霍夫曼也来了
带着他检查官的剪刀。

"剪刀在他手里嚓嚓地响，
这粗暴的家伙步步挪近
你的身体 —— 看准上好地方，
狠狠地向肉里扎进。"

【说明】

　　这一章的前半章叙述作者从汉莫尼亚祖传的椅子里所看到的"德国的将来"，是从三十六个粪坑——即德意志联邦的三十六个封建领域里散发出来的难以担当的恶浊的臭气。这说明，若是按照代表资产阶级市侩社会的汉莫尼亚的看法，对旧制度完全妥协，对新的变革充满嫌恶与恐惧，那么德国的将来就会是这样。这和作者在第一章里所歌颂的新的世界完全是两样。后半章则是汉莫尼亚对作者百般抚慰，希望他留在她这里和她结合，作者有意识地模拟阿里斯托芬的喜剧《鸟》的最后一场（"云中鹁鸪国"的创立者珀斯忒泰洛斯和巴西勒亚的婚礼），通过汉莫尼亚的狂歌幻想，形容诗人与女神的婚礼的盛况，所有这个庸俗社会中的头面人物都走来祝贺。但最后书报检查官也来了，他用剪刀狠狠地向诗人的肉里一扎，完全打散了这个幻想的婚礼。

# 第二十七章

后来在那离奇的夜里
有什么事继续发生，
等到在温暖的夏日
我再一次说给你们听。


伪善的老一代在消逝。
如今啊，要谢谢上帝，

它渐渐地沉入坟墓，
它害着说谎病死去。

新的一代正在生长，
完全没有矫饰和罪孽，
有自由思想，自由的快乐 ——
我要向它宣告一切。

那样的青年已经萌芽，
他们了解诗人的豪情善意，
从诗人的心头取得温暖，
从诗人太阳般的情绪。

我的心像光一样地爱，
像火一样地净洁纯真，
最高贵的优美女神 ①
给我的琴弦调好了音。

这是我的师父在当年
弹奏过的同样一张琴，
师父是文艺女神的宠儿，
是已故的阿里斯托芬。

---

① 三个优美女神在罗马神话中称为格拉琴（Grazien）。

就是那张琴，他弹奏着
歌唱珀斯忒泰洛斯，
歌唱他向巴西勒亚求婚，
他和她向高空飞去。①

在前一章我曾经尝试
模仿一下《鸟》的最后一幕，
《鸟》在师父的戏剧中
的确是最好的一部。

《蛙》那部戏也很出色。
如今在柏林的舞台
用德文的译本上演，
供国王取乐称快。②

国王爱这部戏。 这证明
他有良好的古典嗜好；
老国王③却更加爱听
现代的蛙的聒噪。

---

① 阿里斯托芬的喜剧《鸟》的最后一场歌颂了"云中鹁鸪国"的创立者珀斯忒
泰洛斯与宙斯的女儿巴西勒亚的婚礼。
② 《蛙》是阿里斯托芬的另一部喜剧。 在1843年至1844年的冬季曾在柏林上演。
③ "老国王"指普鲁士国王的父亲威廉三世。

国王爱这部戏，可是
倘若作者还在人世，
我就不会劝告他
亲身去到普鲁士。

现实的阿里斯托芬，
这可怜的人就要受罪，
我们将要立即看见
陪伴他的是宪兵合唱队 ①。

流氓们立即得到准许，
对他不是奉承，却是谩骂；
警察们也接受命令，
把这高贵的人追拿。

啊国王！我对你抱有善意，
我要给你一个建议：
死去的诗人，要尊敬，
可是活着的，也要爱惜。

不要得罪活着的诗人，
他们有武器和烈火，

---

① 古希腊的悲剧和喜剧一般在表演过程中都穿插有合唱队的合唱。这里指的是
被普鲁士的宪兵逮捕。

比天神的闪电还凶猛，
天神闪电本是诗人的创作。

可以得罪新的神、旧的神，
得罪奥林波斯 ① 的匪群，
再加上最崇高的耶和华 ——
只不要得罪诗人！

神对于人间的罪行，
自然有严厉的惩罚，
地狱的火是相当地热，
那里人们必须炖，必须炸 ——

可是有些圣者从烈火中
拯救罪人，衷心祷告；
通过教堂布施、追忆弥撒，
也取得一种神效。

在世界末日基督降临，
他打破地狱的门口；
他纵使进行严厉的审判，
也会有一些家伙溜走。

---

① 奥林波斯（Olymps），即奥林匹斯，是希腊神话中群神居住的山名。

可是有些地狱，不可能
从它们拘禁中得到解放；
祈祷没有用，救世主宽赦
在这里也没有力量。

难道你不知但丁的地狱，
那令人悚惧的三行诗体？ ①
再也没有神能把他救出，
他若被诗人关了进去 ——

从来没有神，没有救世主
把他从歌唱的烈火解救！
你要当心，不要使我们
把你向这样的地狱诅咒。

【说明】

　　这最后的一章与开始的第一章相呼应，作者表达了他的信
念，虚伪的旧时代将要消逝，新的一代将要兴起。这新的一代
将能理解诗人的诅咒和歌颂。作者表明，他的批判和讽刺是以
阿里斯托芬为师，因为阿里斯托芬讽刺当时社会，批判现实政

---

① 指意大利诗人但丁（Dante Alighieri，1265—1321）名著《神曲》第一部《地
狱篇》。《神曲》全诗韵脚都以三行交错，故称三行诗体。

治，是古希腊杰出的喜剧作家。最后作者对迫害进步诗人的普鲁士国王提出警告，各种各样的神都不足畏，最可怕的是诗人的"歌唱的烈火"，如果这些当权者被诗人的笔打入地狱，便永远得不到解救。必须指出，海涅在这里是过分地抬高了诗人的地位，夸大了诗的作用，而忽视了反动统治者必然会受到历史的审判和人民的惩罚。并且他所谓的"新的一代"，只是抽象的想望，而没有意识到无产阶级将要登上历史舞台。